俺は人差し指を立てて唇に押し当てる。
組み伏したシトエン嬢もなんだか焦った様子で、
こくこくと頷いてくれるのに。
またもや連続ノックだ。

Contents

隣国から来た嫁が可愛すぎてどうしよう。
冬熊と呼ばれる俺が相手で本当にいいのか!?

さくら青嵐

PASH!文庫

イラスト　桑島黎音

◆序章◆

俺の嫁、ですか？

眼前で繰り広げられる糾弾を、俺はいたたまれない気持ちで眺めていた。

ここまで問い詰められるほどのことを、あの娘がしたのだろうか。

気づけばため息をついていた。

隣国であるカラバン連合王国のひとつ、ルミナス王国の王太子アリオス・ルミナスが指弾しているのは、彼の正式な婚約者になろうとしているシトエン・バリモアだった。

婚約に先立ち、シトエン嬢は二年ほどルミナス王国で生活していると聞いていたから、婚約者同士互いに顔は知っているのだろう。

だが、俺たち参列者からは、彼女の容姿は想像もできない。

なぜなら、彼女の母国であるタニア王国の習わしに則り、頭からつま先まで白いヴェールで覆われているからだ。

聖堂に入場してきたとき、一瞬、動く白繭《しろまゆ》かと思ったほどだ。

「今からアリオス王太子がヴェールを上げて、額《ひたい》に口づけるのよ」

白繭を見て、母上がこっそり教えてくれた。

婚約式はそれで終わりらしい。

要するに、俺もティドロス王国の王妃である母上も、他人の〝でこちゅー〟を見るためだけの婚約式にやってきたのだ。

馬車に揺られて七日。ようやく昨日、カラバン連合王国の王都リーズに到着。

いや、正直何日馬車に揺られようが、馬上で過ごそうが俺はなんの問題もないし、移動すること自体嫌いじゃない。他国の様子を見に行くのは、結構好きだ。

それなのに、俺の心がこんなに憂鬱《ゆううつ》なのは……。

この婚約式のあとのことが予想されたからだ。

そもそも隣国の婚約式って、普通は国王とか王太子が母上をエスコートして参加するのが普通じゃないか。

話を聞いた当初、なんで俺が？と怪しく思ったものの、すぐに気がついた。

これ、あれだ。見合いだ。

婚約式のあとは、王家を交えたお約束の懇親会がある。

母上は淑女たちの前に俺を引き出し、「うちの息子、どう？」とやりたいわけだ。

「あら、お宅の息子さん、まだ独身なの？」「そうなのよ、誰かいい人がいたら紹介してね」と、定型的な会話がなされ、そして俺は容赦なく品定めの目で見られる。

二十五歳にもなって未婚の上に婚約者もいないなんて、この男、なにか原因があるのではないか。

そんな視線にさらされ、もはやこれは公開処刑だ。

たいした原因なんてねぇよ。

単純にモテないだけ。

女が俺のそばから逃げるんだよ。

確かに、母上には申し訳なく思ってるよ？

「うちの息子、いい子なんだけど。どうして見合いを断られるのかしら。みんな、見る目がないわぁ」

とか言ってくれるけどさ。

……うん。

王太子である長兄《ちょうけい》とか、他国に婿入りした次兄《じけい》なんかは、美人な母上に似て中性的な美形というか……。こう、つるんとした貴公子なんだが。

俺はたくましい父上に似た。

光栄なこと。ほんと、光栄なことだよ。国王陛下に似てるんだからな。母上もほっとしたと言っていた。兄上たちのときは、「いったい、誰の子なんだか」と言われたらしいから。

だけど、父上似がイコールでモテ顔かというと……。

悪いが、そうじゃない。

なんていうのか、こう、全体的に漢《おとこ》っぽいんだよなぁ。

身長だって俺より高いやつは騎士団にもほぼいない。太ってはいないけど、鍛えれば鍛えるほど筋肉が腕や背中、太ももなんかについて。

もう、ほら、まったく公爵のイメージじゃないわけ。

おまけに、毎年冬は騎士団を引き連れて辺境警備に行き、盗賊だの反乱分子だのを蹴散らしていたら。

ついたあだ名は〝ディドロスの冬熊〟。

いや、そりゃさ！　辺境警備中はひげを剃るのもさぼっていたよ！　だって宮廷じゃねぇし！　男だらけで夜はたき火を囲んでんだしっ！　ひげ、いいじゃん！

……そしたら、いつの間にかこんなあだ名がつき。王都に帰還した途端、婦女子は悲鳴を上げ……。臭いとまで言われた。

ああ、もう俺は一生独身でいいや、と思っているのに。

母上は必死に俺の嫁を探そうと、せっせと見合いを持ち込んでくれる。

俺だって一生懸命やったよ。だって、母上は俺のために頑張ってくれているんだしさ。

だけど、結果が伴わないんだよなぁ……。

見合いで断られるたび、地味に心にダメージを負う。

だから、このあと繰り広げられる淑女たちの品評会に戦々恐々としていたのに、あろうことか、婚約式でアリオス王太子が〝婚約破棄〟を口にし始めたのだ。

これは……荒れる。

俺は確信した。

このあとの懇親会は、俺の未来の嫁探しどころじゃない。この婚約破棄こそが懇親会のネタになる。

最初は黙って展開を見守っていたけれど、だんだん不快になってきた。

原因はアリオス王太子だ。

自分自身に酔いしれて震える声が絶妙に腹が立つ。

うちの長兄だって王太子だけど、こんなに自分に陶酔しない。むしろ俺の自慢だ。国のみんなの自慢でもある。

だけど。

ルミナス王国の王太子はこれでいいのか？

これが普通なんだろうか?と、聖堂を見回してみる。

参列しているのは、主にカラバン連合王国の王族たちだ。

連合王国という名が示している通り、カラバンは五つの王国から成り立っている。

だから、それぞれの王国から代表を一人選出し、選挙や五人の中で話し合いが行われて〝選定王〟を決める。

で、選定王が亡くなると、それぞれの王国がまた代表を選出し、誰が次の選定王になるかを決めるのだ。

現在の選定王は、五王家のひとつ、ルミナス王家の筆頭ノイエ・ジエナ・ルミナス。

聖堂の赤絨毯の真ん中で娘相手にしきりに吠えているアリオス王太子の実父だ。

このノイエ王が、俺の母上であるティドロス王国王妃と遠戚にあたる。

母上は、友好の証としてルミナス王国からティドロス王国に嫁いできたのだ。

その縁もあり、王太子の婚約式というめでたい場に招待された。

親戚ではあるが他国の王族。カラバン連合王国と関係が薄いのは俺と母上ぐらいだ。

まあ……、これでルミナス王国の体面は保たれたんじゃないか。

幸か不幸か、王太子のバカげた行為が他国に漏れることを最小限に防げたのだから。知らずに口の端が歪む。

帰るときに、「このことはくれぐれもご内密に」とか箝口令《かんこうれい》が敷かれるんだろうな。

そんなことを考えていたら、突然アリオス王太子がひときわ大きく声を張り上げた。

「その上、メイルが話しかけたというのに、お前は何度も無視をしたとのことだ！」

うお、びっくりした。

俺は視線だけ聖堂の中央に向けた。

アリオス王太子に向かい合うのは、白絹《しらぎぬ》のヴェールを繭のようにまとう婚約者のシトエン嬢。

そして、アリオス王太子の背後にいるのは、煌《きら》びやかな衣装を身にまとった娘だ。

アリオス王太子がシトエン嬢へ糾弾を始める前に参列者席から連れ出した娘で、服の豪華さが場違いだ。まるでこの娘自身が婚約者に見える。

俺の近くにいた参列者たちが「メイルだ。ほら、ハーティ男爵家の」「ああ。王太子の恋人か」と、忌々《いまいま》しげに口にしていたところを見ると、公然の愛妾《あいしょう》といったところだろう。

どうりで、と納得した。

趣味は別として、あれは男爵風情が着られるような服じゃない。

メイルという娘はアリオス王太子の背後で身を小さくし、彼の袖口を握って目を伏せている。

非難されているシトエン嬢が可哀想だ、とばかりに時折顔を上げ、アリオス王太子に物申したげに唇を震わせるが、結局はうつむく。

それは、けなげな態度というより厚かましい女優のように見えた。

そもそも気の小さい女であれば、並み居る高位の人々に睨みつけられ、逃げ出しているはずだ。

そう。参列者は誰もがアリオス王太子とメイルを睨みつけていた。

それなのに、アリオス王太子は勘違いしている。

シトエン嬢が非難されている、と。

まったく、恥ずかしいことこの上ない。なにを悦に入っているんだか……。

さっきから参列者の視線を一身に受け、舞台俳優にでもなった気で語っている。

やれメイルが話しかけたのに無視をしただの、挨拶をしたのに返事をしなかっただの大きな顔で言っているが、俺から言わせれば高位の者が下位の者に声をかけるのであって、下位の者が高位の者に話しかけるなど、もってのほかだ。

シトエン嬢は、確か五王国に連なる選挙権を持つタニア王家一族の者だったはずだ。

しがない男爵家の娘が、顔見知りだからと話しかけていいものではない。

場が場なら、仕方なく聞こえなかったふりだってするだろう。

また、今はアリオス王太子が「お茶会にメイルだけ呼ばなかった」と言うが、身分差がありすぎる。王族のお茶会に、どうして男爵の娘が参加できると思ったのだろう。

世間知らずすぎる。

いや、王太子という最高級の地位を与えられた彼は、世間というより社交界の序列がわかっていない。

そして、同じくわかっていないメイルと一緒になって、「いじめられた」「ないがしろにされた」と、わあわあ喚いている。

今は「ダンスのとき、わざとぶつかってきた」と言っているが、それも本当かどうか。

そもそもあの娘はちゃんとダンスが踊れるのか？　シトエン嬢にぶつかっていったの間違いじゃなくて？

俺は会場全体を見渡す。

中央の身廊《しんろう》を挟み、向かい合うように参列者席は用意されていた。

そこに座る諸侯《しょこう》たちは、当初こそどよめき、慌て、狼狽《ろうばい》していたが、今や凍てつくような視線で中央にいるアリオス王太子を見ている。

は、と失笑が漏れた。

アリオス王太子自身は、その冷えた視線がまだシトエン嬢に向けられていると思い込んでいる。

だが、この場にいる誰もがシトエン嬢に同情こそすれ、怒りや蔑視など向けようはずもない。

なにしろ繭に包まれた彼女は、観衆の前で罵倒されているというのに、アリオス王太子に対し、なんの口答えもしていない。

じっと耐えているのかと思ったが、次第に彼女はあきらめているのだと俺は感じた。

なにを言っても無駄だ。

そんな諦観《ていかん》がヴェールと一緒に彼女を包んでいた。

「サリュ」

静かな声で名を呼ばれ、隣を見る。

母上が開いた扇で口元を隠し、俺を見ていた。

「なんでしょうか」

「あなた、まだ恋人はいないの？」

突然なんだ。

「そう、ですね。おりません」

正直に答える。

実際、二十歳になる直前に失恋をして、愛だの恋だのはもうこりごりだと、副官のラウルを相手に泣いた。

自分は婦女子を怖がらせることはあっても、愛されることなどないのだ、と。

「わかったわ」

母上は少女のように微笑んだ。なにがわかったんだろう。

「だったら、あの令嬢をいただいちゃいましょう♪」

この商品、ちょっと包んでくださる？　ぐらいの気安さで母上は言った。

待て待て待て。

なにをいただくって？

「は、母……」

上、と続けようとした俺の語尾を消したのは、アリオス王太子が盛大に発した言葉だ。

「お前のように心根の醜いものを妻に迎えることなど到底できない！　ここに婚約を破棄する！」

しん、と静まり返る聖堂には、あきれたような沈黙と、こんな息子を持ったノイエ王へのあわれみの気持ちが満ちていた。

「だいたい」

く、とアリオス王太子は喉の奥で笑いを潰した。

いや、もう黙っていろよ。側近はいないのか？　ぶん殴ってでも謝罪して退場させたほうがよくないか？

「お前のような容姿の者が、わたしの婚約者など。不釣り合いだとは思わなかったのか？」

吐き捨てるように言った瞬間、ビクっと初めて白いヴェールが揺れたように見えた。

さすがにこの発言は他国の王太子といえど見過ごすことはできない。

公衆の面前で女の容姿をけなすとは何事だ。

「その発言、改められよ」

気づけば立ち上がってアリオス王太子に言い放っていた。

俺のような男に容姿のことを言うならともかく、女に言うことじゃない。

怒りを覚えたのは、俺だけじゃなかったらしい。騎士道精神に基づき、幾人かの参列者が賛同の意を表し椅子から立ち上がる。

アリオス王太子も失言だと気づいたのだろう。参列者から顔を背け、口を尖らせた。

でもこいつ、謝らないんだよなぁ。

子どもかよ。同じ年頃の男として情けない。

「……え。どうして、あなたが……」

ふと、聞きなれない声が聞こえ、ん？と顔を向ける。

どうやら、白繭の中身が喋ったらしい。

こちらを見ているのかもしれない。ヴェールの裾が揺れた。

「アツヒト」

意味のわからない言葉を呟くから、俺は小首を傾げる。何語だろう。

「とにかく！」

アリオス王太子は咳ばらいをすると、改めて聖堂内を見回した。片腕にメイルを抱き、満面の笑みを浮かべている。

いや、俺たちまだ訂正と謝罪をもらっていませんけど。

「婚約は破棄だ！」

「この痴《し》れ者が！」

落雷のような怒声が室内に響いた。

うおおお！　びっくりした！

立ち上がって抗議をした騎士のひとりなんて、儀礼用の剣の柄《つか》を握っている。驚いたのは俺だけじゃなかったらしい。

アリオス王太子も肩を震わせ、メイルは小さな悲鳴を上げて彼に抱きついている。

「バリモア卿、息子の無礼を平《ひら》に容赦いただきたいっ」

声の主はノイエ王だった。

白い顎ひげを震わせながら、重臣たちと一緒に椅子に座ったままの男性に頭を下げている。

バリモア卿ということは、シトエン嬢の父上だろう。頭髪は後退しているけれど精悍な顔立ちで、五十代くらいに見える。

なんというか、淡々としていた。

普通、自分の娘が目の前で理不尽に婚約破棄をされたのなら、怒り狂うか、「どうなっているんだ」とノイエ王に掴みかかってもおかしくない。

しかし、バリモア卿は前だけ見据えて黙っている。

情が薄いのかと思ったけれど、顎がぴんと張っていたり、腕が細かく震えているところを見ると怒りを堪えているのだと知れて、なんとも言えない気持ちになる。

シトエン嬢といい、バリモア卿といい、直情型のルミナス王家とは大違いだ。

「謝っていただかなくて結構です、ノイエ王」

不意にバリモア卿はそう言って立ち上がった。

「愚女《ぐじょ》は連れ帰りましょう。シトエン」

するりとバリモア卿が腕を伸ばす。

洋服越しでもしっかりとした筋肉がわかる腕だ。節度ある生活とたゆまない鍛錬をしていることがうかがえて、断然好感が持てる。

「帰ろう、タニア王国に。タニア王には私から説明しよう」

ああ、この御仁。やはりタニア王家に連なるのか。

タニア王国は国内の三分の一が山地らしいが、鉱山資源の豊富な国で有名だ。山で牧畜をする者も多く、健脚《けんきゃく》で強靭な心肺機能を持つ者が多いという。バリモア卿の体格を見て、改めて納得した。

「お待ちください！」

「バリモア卿、平に！　平にご容赦を！」

赤い絨毯が敷かれている身廊に踏み出そうとするバリモア卿を、ノイエ王と重臣が押し止めている。

身廊を見ると、白繭がもぞりと動いた。

どうやらバリモア卿の元に自分から行こうとしているらしい。

白繭が離れるのを見るや否や、アリオス王太子とメイルは喜色満面《きしょくまんめん》に笑った。

本当に嫌な気持ちになる。

この状況をわかっているのか？　お前たちのせいでいろいろな人が謝ったり怒ったり嗤《わら》ったり企んだりしているんだぜ、おい。

「失礼ながら、よろしいでしょうか。ノイエ王、バリモア卿」

突然声を張ったのは、母上だった。

びっくりして隣を見ると、俺に向かって手を出している。

あ、エスコートね。はいはい。

俺が手を取ると、母上は優雅な姿で立ち上がり、そのまま膝を軽く曲げて挨拶をした。

「これは……ティドロス王妃。まったく、とんだところを」

ノイエ王が額から滝のように汗を流しながら、返礼をする。

「バリモア卿におかれましては、昨年のカラバン連合王国の夜会以来かしら」

薄く開いた扇で口元を隠したまま、母上は話しかける。バリモア卿は右こぶしを左胸に押し当てる敬礼を取ってから、重々しく口を開いた。

「わたくしのような者にまでお声掛けいただき、光栄至極。妃殿下におかれましては、ごきげんうるわしく。なによりでございます」

白繭は困ったように動きを止め、バリモア卿と母上を交互に見ているようだ。

「ところで、ノイエ王。この婚約は破棄ということでよろしいのかしら」

はっきり言っちゃったよ、母上……。なんでもかんでも白黒つけたがるんだよな。

「いえいえいえ！　とんでもございません！」

ノイエ王は慌てるが、バリモア卿は大きく咳ばらいをした。

「破棄で結構。このまま愚女を連れてタニア王国に戻ります」

バリモア卿の声も表情も頑《かたく》なだ。

さすがに参列者からも声が漏れ、まずいぞ、という雰囲気だ。

「どうでしょうか、バリモア卿。わたくし、現在愚息《ぐそく》の嫁を探しておりましてね。陛下からは、この件に関しては一任されておりますの」

不穏な声が母上の発言で止まった。

俺は俺で、別の意味で絶句する。

は？

俺の嫁探しの話、ですか。

「さすが、王太子妃として教育された令嬢です。あの佇《たたず》まい、そして落ち着き払った態度。わたくし、感服いたしました」

母上は目を細め、動く白繭を見る。

白繭はちょっとだけ短くなった。どうやら膝を折って礼をしたらしい。

その背後で、アリオス王太子の腕に囲われたメイルが盛大に眉根を寄せて白繭を睨みつけている。どうやら面白くないらしい。

自分を差し置いて、白繭が褒められたのが嫌なんだろう。

「失礼ですが、貴嬢。ティドロス語は？」

今まで来訪国に合わせてカラバン公用語を使っていた母上が言語をティドロス語に変える。

「まだまだ未熟ではございますが、生活に困らない程度には」

白繭が答える。

謙遜だ。なかなか発音がいい。さすが王太子妃として育てられているだけはある。

一方メイルはきょとんとした顔で、「おふたりはなんて言っているの？」とアリオス王太子に話しかけ、「メイルは知らなくていいよ」なんて言われて、ちゅ、とおでこにキスをされていた。

ああ、思えば俺はこれを見に来たんだっけ。なんか遠い目をしてしまう……。

メイルが外国語に疎い様子を見て、これは前途多難だと俺は口をへの字に曲げた。

この大陸にはいくつか王家があり、それぞれ独立したり覇権を争っている。交渉事に多言語は不可欠だ。

うちの長兄の嫁である王太子妃は、俺より年下だが語学は堪能。天真爛漫に見えるが、立派な才女だ。

婿に行った次兄だって数カ国語は操るし、書ける。

『お前は三男だから』と、生まれた直後から騎士団に放り込まれ、武芸ばかり磨いてきた俺だって、主要な国の言葉は生活に困らない程度に話せる。そうでなければ捕虜を尋問できない。

もちろん通訳を挟んでもいいが、その通訳が果たしてどこまで信頼がおけるのか、という問題が出てくる。

「不躾《ぶしつけ》で申し訳ないですが、ご息女《そくじょ》を愚息の伴侶としてお迎えするわけにはいきませんか、バリモア卿」

母上がバリモア卿に尋ねると、会場が一斉にざわめいた。

そりゃそうだよ。母上は白繭取りの勝負に出ているけど……相手は俺。

母上には俺の容姿がかっこよく見えるフィルターがかかっているのか？　あるいはなんかこう、三歳ぐらいの可愛い盛りで止まって見えているとか。

……もしもがあったとして。俺が伴侶で相手は平気なのか……？

「王太子妃として育てられたご息女を……、王子とはいえ三男では格が下がるというものですが」

「いえ、妃殿下。もったいないお言葉でございます」

きっぱりとバリモア卿が答えた。

「バリモア卿！」

「お待ちを！　しばしお待ちを！」

ルミナス王家の重臣たちが押し止めるが、バリモア卿はまったくそちらを見ていない。

あーあ……。大丈夫か、これ。

「ただ、わたくしはタニア王の臣下。ルミナス王家と娘の婚約も、タニア王の意に沿ってのこと。まずはタニア王の意向を伺い、のちほど正式にティドロス王家へお返事を差し上げてもよろしいでしょうか」

バリモア卿が淡々と答える。

「もちろんです、バリモア卿」

母上はゆったりと微笑んだ。

「色よい返事をお待ちしておりますよ」

バリモア卿は深々と一礼したのち、ほう、とひとつ息を吐いた。

「父親としては、ルミナス王家よりも一番に娘の名誉のため立ち上がってくださった王子に預けたい気持ちです」

視線が俺に集中する。

居心地悪く肩を縮めたら、母上に睨まれた。しっかりしろ、ということだろう。

だが、怒りの感情に突き動かされた自分が、アリオス王太子に変わらず青臭く思えてどこか恥ずかしい。

「お気持ち、察しますわ」

母上が、うんうんと頷いた。

「令嬢に対してなんという扱いなのか。ここでなにかを言わなければ、うちの息子といえど殴りつけるところでした」

やべえ、殴られるところだった！

「ということで。ぜひ、タニア王には前向きにご検討を、とお伝えください」

母上はにこりと笑う。

バリモア卿は「承りました」と再度頭を下げると、ノイエ王の重臣たちを押しのけ、赤絨毯に進む。

白繭が動き、バリモア卿の差し出す肘をとった。

扉に向かって歩くふたりの姿を見て、なにか言わなきゃと焦った。

「あの、失礼ながらバリモア卿」

声をかけると、バリモア卿が足を止め、ゆっくりと振り返る。

白繭も首を傾げるようにしてこちらを見たようだ。

「俺は、その……。このとおりの容姿です。母上や王太子である兄、他国の王配となる次兄とは似ていません」

勢い込んで切り出したものの、注目されていることもあって舌がもつれそうだ。

「生活の大半を騎士団で過ごしているものですから、女性の扱いも不得手で……。それに、なにより三男です。公爵位をいただいてはいますが、これ以上のなにかは望めない。宮廷でうまく立ち回るような器用さもなくて……」

途中から自分でもなにを言っているんだか、と頭がこんがらがり始める。

だが、これだけははっきり伝えないと、と背筋を伸ばした。

「ご令嬢に無理《むり》強いだけはなさらないでください。お断りのお返事をいただいたところで、このサリュ・エル・ティドロス。痛くもかゆくもございません」

母上が隣でくすりと笑った。

「まったく、あなたは。またお見合い連敗記録を更新するつもりなの?」

「ほら、この通りなので」

肩を竦《すく》めておどけてみせると、ようやくバリモア卿の口端に笑みのようなものが浮かんで、ほっとする。

「ご令嬢の意見を、ぜひ優先させてください」

「王子の異名は我が国でも轟《とどろ》いておりますよ」

「……見合い連敗男ですか」

愕然《がくぜん》と目を見開くと、今度ははっきりとバリモア卿は笑い声を立てた。

「とんでもない。そのような極秘情報は初耳です。あれですよ。ティドロスの冬熊」

そっちか!

落胆したところに、女の笑い声が聞こえてきて、さらにへこむ。

白繭が少しでも和んでくれたらと思って話しているのに。

「あの王子、冬熊ですって! 本当にその通りね」

メイルだ。はいはい、笑っていただいてなによりだよ。

横目で見ると、さすがにアリオス王太子が立てた人差し指で静かにと言っている。まあなあ。俺、一応王子だからな?

「一度、貴殿とお話をしたいと思っていたところです。今日は娘のためにありがとうございました」

バリモア卿は再度深く礼をすると、同じく礼をしたらしく、一瞬短くなった白繭を連れて聖堂を出た。

これが、俺と白繭令嬢シトエン・バリモアの初対面だった。

そしてその後、シトエン嬢と再会したのは、ティドロス王国の王宮内。

互いに婚約者同士、として。

◆一章◆

俺の婚約者が、可愛すぎる

副官のラウルから耳にタコができるほど繰り返し聞いた手順通り、俺は自分の婚約者である白薔令嬢が待つ内陣へ向かって歩み始めた。

王宮内にある聖堂の壇上には本来司祭がいるのだが、今日は誰もいない。ティドロス王国の婚約式は、両家の顔合わせ要素が強い。壇上にいる司祭に誓いの言葉だのなんだのを伝えるのは、結婚式本番ということだ。

頭上の窓を飾るステンドグラスから色とりどりの光が差し込み、白薔令嬢のヴェールを鮮やかに染めていた。

気づかれない程度に壁際を見る。

備え付けの椅子には、俺の両親であるティドロス王と王妃。それから長兄である王太子。その隣の席にはバリモア卿がいた。

タニア王国の国王から正式に婚姻の申し出があったのが、ひと月前。

てっきり断られると思っていたから、仰天した。

そこからは怒涛の準備だ。

言ってはなんだが、あちらの嫁入り準備はすべて整っているわけだから、あとはこちらが用意をするだけ。

だけど。

つい眉根が寄って、顔が歪む。

本当に、こんな俺でいいのかと。

そんなことを考えていたら、こほんと背後で咳ばらいをされた。

赤い絨毯の上をのんびり歩きながら視線だけ動かすと、ラウルが俺を睨みつけていた。よそ見をせず、早く進めと言いたいらしい。

ラウルは今年三十になる男だ。

俺とは乳兄弟にあたり、騎士団では副官を引き受けてくれている。

目元涼やかなラウルは女性になかなかモテるのだが、『団長を差し置いて自分が結婚など考えられません』と、いつも口にしていた。

そのたびに、『俺を待っていたら、じじいになるぞ』と冷やかしていたのだが、昨日の晩、一緒に酒を飲んでいたら、『これで心置きなく嫁がもらえます』といきなり泣き出したのを思い出して、つい口元が緩んだ。

なんだかんだラウルも嫁が欲しかったらしい。

これは悪いことをした、と苦笑いしたものだ。

『団長がモテないのは、やる気がないのと服と髪がダサいから』

ラウルはいつも顔をしかめて言うが、俺としては服は着られればいいし、身なりは清潔であればいいと思っていた。

そんな中、降って湧いたこの婚姻話。

『いいか、絶対に粗相はするな』

婚約式を三日後に控えたある日。王太子と婿入り先から慌てて帰国してきた次兄から圧をかけられた。

『思いもよらない掘り出し物だ。ルミナスの王太子がアホでよかった』

王太子と次兄は非常に邪悪な笑みを浮かべていた。

まったく、こんな腹黒い男どもをどうして女たちはもてはやすのだろう。

そんな俺をよそに、王太子は仕立て屋を呼び、次兄はラウルに『とにかく男前に仕上げるのだ。素材は悪くないはず』と指示を出した。

結果。

俺は極上の軍服に、最近の流行だという髪型を施され、丁寧にひげを剃られて、今この場に立っている。

『結局、シトエン嬢はどんな娘なんですか？』

母上が決めた婚姻は父上も納得、王太子も乗り気だから俺に拒否権はないのだが、気になって聞いてみた。

『名前はシトエン・バリモア。バリモア家は遡るとタニア王家につながるようだ。年は二十歳。二年前に嫁入り修行も兼ねてカラバン連合王国に入ったものの、元婚約者であるアリオス王太子はシトエン嬢の容姿が気に入らず、その距離は縮まらなかったらしい。だから、あまりお前も期待はするなよ』

王太子がはっきりと言う。

まあ、あちらも俺の容姿に期待していないはずだからお互い様だろう。

『だがな。なんでも彼女には竜紋《りゅうもん》があるとか。すごいだろう!』

次兄は少々興奮気味に説明した。

竜紋。聞いたことはある。

タニア王国は、別名〝竜の国〟だ。

建国に竜が深く関わっていて、王家の人間は身体に竜紋と呼ばれるうろこの刺青《いれずみ》をいれるのだとか。

つまり、竜紋が身体にあるのは、王家の人間の証ということになる。

竜紋を持つ者を娶《めと》るとか、配下として迎え入れるというのは、とてつもなく栄誉なことなのだ。

ただ一方で、竜紋を入れることを野蛮な風習とか、とかげ人間と陰で嗤うやつらがいることも確かだ。急速な発展を遂げつつある国であればあるほど、その傾向は強い。歴史を軽んじるし、他国の文化を尊重したり理解しようという寛容さがない。

俺は、白繭令嬢のすぐそばで足を止めた。

頭からつま先まですっぽりとヴェールで覆われているため、容姿などわかりようがないが、ずいぶんと小柄だ。

だいたい俺の胸あたりに頭がある。

これは腰をかなり屈めないとキスできないな。

ふたりの兄とラウルからは、ヴェールを上げて女の額にキスをしろ、と言われている。

例の〝でこチュー〟だ。

まさかあのときの白薔令嬢に、俺がでこチューをすることになろうとは。

ふと、白薔令嬢が身じろぎした。どうやら俺と向かい合ったらしい。

薔のようにヴェールを覆っているせいで、どっちが前でどっちがうしろなんだか。

ちらり、と列席者に視線を走らせれば、王太子に『やれ』と顎で指示された。悪役感が半端じゃない。

背後を歩いていたラウルは、俺の逃げ道を断つように立っている。いや、別に逃げないけどな。

コツと足音がしたから白薔令嬢の背後を見ると、侍女が進み出てきた。視線が合うと、侍女は恭《うやうや》しく跪いて控えた。

ヴェールを上げろ、ということらしい。

俺は、むんずとヴェールを握ると勢いよく剥いた。

さらりと繊細なレース織の布はクモの糸よりも軽やかに宙を揺れる。

そこから現れた白薔令嬢を見た俺は、息を呑んだ。

湧水よりも透明度の高い銀髪。

ステンドグラスの色を浴び、白磁のようにさえ見えるきめの細かい肌。

整った目鼻立ちに、純白のドレスで痩身《そうしん》を包んだ娘。

俺は唖然と見つめた。

……この。

この娘の。

ど、どこが、不細工なのだ!!

どこが……っ。

「……すみません、ちょっと」

右手でヴェールを握りしめ、左手で顔を覆いながら呻《うめ》いた。

「ちょっと、ティドロス王家側。集合してもらっていいですか」

ティドロスの冬熊と呼ばれ、俺と出会えば猛獣さえ及び腰になると言われているのに、とんでもなく情けない声が口から漏れた。

慌てたように王太子が立ち上がり、父上は真っ青になって硬直しているが……。

いや、俺だってちょっと混乱している。

「な、何事ですかっ、団長」

素早くラウルが腕をひっ掴んで顔を寄せてくる。

「どうした、サリュ」

そこに王太子も首を突っ込み小声で叱責するが、俺は逆にふたりの首を引っ捕らえ、白藺令嬢から背を向けた。そして声を潜めて言い放つ。

「どこが不細工なんだ!!」

「……とんでもなくきれいなお嬢さんだな」

「いやぁ、人形みたいですね」

王太子とラウルが頷くから、首にかけた腕に力を込める。

「く、苦しいっ」

「やめて、団長!!」

「どうすんだよ！　あんなきれいな娘、どうすんだよ！」

グイグイと首に回した腕を小刻みに揺すりながら凄《すご》む。

「相手はこの俺だぞ!?」

「いいじゃないか、きれいな娘さんで……っていうか、おい。ラウルが死ぬぞ」

「ぐ、ぐふううう……」

奇妙なうめき声を発して膝からラウルが崩れ落ちかける。

「あの。お気に、さわりましたでしょうか？」

鈴を転がすような声に、俺は反射的に振り返った。

同時に、片腕ずつ抱えていた王太子とラウルも強引に向きを変えさせられ、ふたりは「ぐふう」と唸る。

祭壇の前。

ただひとり、ステンドグラスの光を浴びて立つ娘は、紫色の瞳をまっすぐ俺に向け、桃色の唇を開いた。

「この容姿が、お気にさわりましたか？」

ふたたび問われ、俺は茫然と彼女を見つめる。

その表情に。

瞳に。

髪の一筋一筋に。

悲しみが滲んで揺れていたからだ。

「違う！」

気づけば怒鳴っていた。

王太子とラウルを投げとばし、拳を握って直立する。

「可愛すぎてどうしようと狼狽《うろた》えています！　こんな俺にもったいないというか、どこから手を付けたらいいのやら……って、違う違う違うっ！　手を付けるとかじゃなくて!!　ちょっ……、まずい。理解が追いついてこない……。しばらくお時間をいただけますか!?」

俺の声は聖堂で反響を幾度も繰り返し、やがて小さくなった。小さくなって消えるまで、誰も言葉を発しなかったのだが。

ぷ、と最初に吹き出したのは母上だった。

「やだもう、この子ったら。なにを言ってるんだか！」

「バリモア卿、申し訳ない。なにしろうちの三男は辺境で走り回っているやつなので。愛らしい女性にまったく免疫がないらしい」

父上がバリモア卿に頭を下げているが、その発言内容が非常に誤解を招く。

まるでバカがひたすら走っているだけのようではないか。俺は任務を遂行しているというのに、この言われよう。

「いや、もう……。ほっとしました。感無量です」

バリモア卿は三カ月前に見たときとはまるで別人のように、柔和《にゅうわ》に微笑まれた。なんだかうっすらと目に涙まで浮かべている。

ああ、やっぱりあんなにたくさんの人の前で自分の娘が拒否されるのを見るのはつらかったのだろう。

アリオス王太子は本当に罪深いやつだ。

父親でさえそうなのだ。当事者はどれほど傷ついたか。

そう思って、白薔令嬢を見る。

いや。

今はもう、ヴェールを上げているから白薔ではない。

シトエン嬢だ。

俺を見る彼女は、つるんとしたゆでたまごみたいな頬を桃色に染めて立っていた。

紫色の瞳が濡れたように潤んでいて、同じ色の宝石で作ったイヤリングがかすかに揺れている。震えているらしい。

そばに立っていた侍女はというと……シトエン嬢の足元でくずおれて泣いている。

よかったですねお嬢様、というようなことを言っている。もう、どうしようもない。

「いいか、サリュ」

いつの間にか立ち直った王太子が俺に命じた。

「令嬢のそばに行き、深呼吸をして、いち、に、さん、で、おでこにチューだ」

二歳の甥っ子に礼儀を教えるみたいに、説明してくれた。

「勢いあまって、頭突きしてはいけませんよ。腰を曲げないと高さが合いませんから、エアでこチューになりますよ」

早口でラウルが付け足した。お前も俺を二歳児だと思っているのか。

でこチューぐらい、朝飯前だ。黙って見ていろ。

「ほらほら。婚約者殿を待たせてはいかん。だいたい、このあともまだ行事は続くんだからな」

王太子がぐい、と背中を押した。

確かに、確かに。

このあとシトエン嬢は別のドレスに着替えてお披露目会場に行き、俺の親戚一同と顔合わせをして、そのまま夕食会。それが終われば王城内を案内して回って、先祖の肖像画だの残した文書だのが保管してある書庫を見て回ってから、ようやく解散だ。

彼女は今日の夜から俺の屋敷で生活することになる。

本当は結婚後に一緒に住むことが一般的だろうが、前回あんなかたちで婚約破棄になったものだから、タニア王国側が相当警戒をしており、『婚約式後、そのまま一緒に生活せよ』と国王がシトエン嬢に命じているらしい。

既成事実を作って、今度こそ結婚しろってことなんだろうけど。

若干、可哀想だと思っている。

いきなり、会って二度目の男と一緒に住むことになるんだからなぁ……。

婚約破棄は全面的にアリオス王太子が悪いってのに、全責任はシトエン嬢にあるかのようなこの決定。

ただ、うちの王家は『結婚披露宴までは手を出すな』と、俺に釘を刺しまくっている。

俺は王子とはいえ三男だから、王太子のような一週間も続く披露宴はしない。

王都で国民にお披露目を兼ねたパレードをして、母上が懇意にしている各地の教会が鐘を鳴らしたり、祝福行事をしてくれたりするくらいだ。

だけど、パレードのときに奥さんのお腹が大きかったり、悪阻《つわり》がひどかったりしたら奥さんが大変。おまけに国民も驚くだろう、と。

まあ、わからなくもない。

めちゃくちゃいろんなことを噂されたり、揶揄《からか》われるだろうな、と。

俺は基本的に騎士団で男ばかりと生活しているからなにを言われようが構わないが、奥さんになるシトエン嬢は、逆に女ばかりの社交会やお茶会、奉仕活動なんかに参加するわけで。

……想像するだけでため息が出そうだ。

ちなみに、今から結婚式本番までは半年ぐらいある。

婚姻にまつわる書類の準備や、嫁いできたシトエン嬢の紋章の登録と周知。披露宴会場の段取りや、招待する各国王族への連絡や宿泊場所の調整など、今からが本番の宮廷の部署もあるぐらいだ。

なので、王太子と次兄が言うには、今から結婚式まではひたすら忍耐の日々なのだそうだ。

婚約者に絶対に手を出すな、と。

俺はシトエン嬢に近づきながら、ちょっと悩む。

好みの女ではないだろうなって勝手に考えていたもんで。

楽勝楽勝！　仲良くお茶飲んだり、メシ食ってたら半年なんてすぐすぐ！と思っていたけど。

まずいわ、これは。めちゃくちゃ可愛いじゃないか、おい。

俺の理想ど真ん中を直球で攻めてこられた。

シトエン嬢の目の前で足を止め、見下ろす。

……毛穴とかある？　肌がつるんとしてるんだけど。

髪の毛だって、本当に人毛ですか？　なんか絹とか天女が羽織るような繊維でできているんじゃないのか⁉

ずっと見てたら思わず触りたくなる。やばいやばい。

俺は咳払いをした。

「では」

なにが、「では」なのかわからないが、とにかくそう声掛けをする。

俺は改めてシトエン嬢と向かい合う。

「失礼します」

声をかけると、「はい」と小さな返事があった。

次いで、顎を上げて俺を見上げ、そっと目を閉じるもんだから、俺は強烈な一撃を食らった気分だ。

やべえよ、おい！

破壊力半端ねぇわ！

無防備が可愛い！　可愛いが無防備！　存在が罪だ！

思わず唇に引き寄せられたら、ごほんと背後で咳払いが聞こえる。列席のほうに視線だけ向けると、王太子が「おでこ！」と言っていた。ちっ。

仕方なく俺がシトエン嬢の両肩を掴むと、びくりと目を閉じたまま小さく震えた。

しまった。もっと優しく触れるんだったと後悔した。手のひらから伝わるのは、壊れそうなほど華奢な感覚。俺の体格とはまったく違う。

……………おまけにしぐさがめちゃくちゃ可愛いんですけど。

なに、この小動物感。雪山でよく見るウサギみたい。いや、白テンかな。警戒心より好奇心のほうが勝って、ちょこちょこっと近寄って来るあの小動物特有の愛らしい動き。触り心地のよいふわっふわの毛並みと、潤んでつぶらな瞳。

そうそう、目が大きいんだよなぁ。さっき見たシトエン嬢みたいに。こう、ぱっちりとしててさ。手も足も小さくてか弱そうに見えるのに、実際に触ってみるとしなやかでいて柔らかい。

きっと、目の前のシトエン嬢だって実際に肌に触れたら……ってなにを考えているんだ俺は！！！！

だめだだめだだめだだめだ！！！！

邪念を捨てろ、俺！！！！！

言われた通り、でこチューだ。でこチュー!!

唇じゃないぞ。決して唇じゃない。でこ、でこ、でこ、でこ。

腰を結構屈めて、彼女の額に口づける。

一瞬でもわかる、陶器のような滑らかな肌。彼女がつけている甘めの香油に眩暈《めまい》がしそうだ。

「おめでとう」

「おめでとうございます」

周囲から拍手と言祝《ことほ》ぎが告げられる。どうやら婚約式は終了したようだ。

これから結婚式までの間。俺、精神が持つのだろうか……。

◇◇◇◇

その日の晩。

シトエン嬢の寝室の前で、さてノックをしようかと拳を作ったとき。

「わかっていますね、坊ちゃま。挨拶だけ。挨拶だけでございますよ」

「そうですよ、団長。言っておきますけど、十五分以上滞在したら、ためらいなく部屋に突入しますからね」

背後から家令とラウルが圧をかけてくる。

「うるさい、わかっている。なんで俺を信用しない」

振り返って睨みつけてやるが、ふたりともしれっとしたものだ。

「そりゃあ、お披露目会や食事会の様子を見てたら……。のう、ラウル殿」

「ええ。やばいなあ、もうメロメロだよって。ねえ、家令さん」

互いにうんうん、と頷き合っている。

「いや、別にあれだろ。イチャイチャしていなかっただろう」

お披露目会はシトエン嬢と腕を組んで、ふたりで親戚という親戚に頭を下げて回っただけだ。

食事会だって、招待客の対応に必死で、王太子は毎日こんなことしてんのか、面倒くせぇなと思ったぐらいだ。

「客人にシトエン嬢を紹介するたびに、『俺の嫁、すごく可愛いだろ』って顔をしていましたよ、団長」

冷ややかにラウルが言う。

気づかなかった。心の声がダダ洩れだったらしい。

「とにかく。おやすみの挨拶をして、明日ヴァンデルが来ることを伝えるだけだから」

俺はふたりに背を向けた。話が終わってもふたりはどこかに行く様子はなく、本当にここで十五分待機するつもりらしい。

気にせずコンコンコン、と三回ノックをして来訪を告げた。

「え――……、シトエン嬢。俺です。サリュです」

「はい。どうぞ」

鈴が転がるような声が扉の向こうから聞こえてきて、ドアノブを握る。

「適切な距離を」

「時間は十五分」

早口で家令とラウルが言う。

「うるさい」

俺はドアノブを握っていないほうの手でしっしっとやり、扉を開けて部屋の中に入り、素早く閉めた。

入ってすぐに部屋の雰囲気が変わっていることに気がついた。

ここは元々ゲストルームとして使用していた一室だが、執事長やメイド長が女主人の部屋になるならそれらしく作り替えると言っていたのを思い出す。

淡い色合いのカーテンがランプの光を柔らかく受け止めているせいか、以前よりも随分と広く見える。ベッドも天蓋付きになっていて、レースのデザインが愛らしい。壁紙も調度品も変えられていて、ずいぶんと女性らしい部屋になっていた。

とてもシトエン嬢に似合っている。

「先ほどはお疲れさまでした。王子」

シトエン嬢は部屋の中央にある猫足の椅子から立ち上がり、礼儀正しく頭を下げてくれるから恐縮する。どうやらお茶を飲んでいたらしい。

もう、風呂には入ったようだ。

絹のつやつやしたナイトウェアを身に着けている。丈はくるぶしを隠すほどあるけれど、腕はむき出しだ。いや、そういうデザインなんだろうけど。

そういえば。

なんとなく、アリオス王太子が毛嫌いしていたと聞いていたので、身体にくまなく竜紋があるのかと思ったが、細くてしなやかな腕にはなにもない。ランプのオレンジ色が滲んでいるだけだ。

「あ……、おやすみの挨拶を……」

その艶やかさにドキドキした。

なんだか見てはいけない気がして、急いで目を逸らす。

「すみません……！　わたしのほうから伺わねばなりませんでしたか？」

慌てたように言うから、驚いて首を横に振った。

いや、むしろ俺が来ているのが変なんです。食後の別れ際、ちゃんと「おやすみ」ってお互いに言ったんだから。

本当はそのまま風呂に入って眠ろうと思ったんだけど、急に決まったヴァンデル来訪の件を伝えるためにこうやってお邪魔したわけで……。

「屋敷でなにか不便があればおっしゃってください。その都度、対応しますから」

あー、俺も風呂に入ってから訪ねればよかった。なんか、汗臭くね？

そう思い始めたら迂闊《うかつ》に彼女に近づけなくなった。ラウルが心配するようなことはなにもできないな。

「皆さん、とてもよくしてくださっています。侍女のイートンも感謝しています」

瞳を細めて笑うのだけど、なんだか身につまされる。

というのも、執事長からアリオス王太子のところでの待遇について報告が入っていたからだ。

『どうやら前のお住まいでは大変ご苦労なさったとか』

婚約式のときに泣きすぎて腰を抜かしたイートンがうちのメイドにこぼしたところによると、食事さえろくなものが与えられず、洗濯に出した衣類は切り裂かれ、小物すらも破壊されたりしたのだとか。メイド長も眉をひそめながら『あちらの家柄が知れるというものです』と、俺に告げた。

イートンはめそめそと泣きながら、『うちのお嬢様がいったいなにをしたというのか』と嘆いていたそうだ。

当初はアリオス王太子との関係をどうにかしようと、シトエン嬢なりに頑張ってみたそうだが、それは功を奏さず無為に二年が過ぎた。

そうして、婚約破棄らしい。

『坊ちゃま。ここは男の見せどころでございますよ』

執事長もメイド長も俺に発破をかけたのだが。

そんなひどい目に遭ったというのに、彼女はそんな素振りをまったく見せない。

イートンのようにすぐにでも泣いたりなじったり愚痴ったりすれば、慰めたり喜ばせたりできるのだが。

傷ついてないと振る舞う人間に、本当はつらいんだろう？と憶測で声をかけるのは好きじゃない。

「あの、王子」

そっと彼女が口を開く。

「このたびは本当にありがとうございました」

深々と頭を下げるから、何事かと驚いた。

「アリオス王太子との婚約式で助け舟を出してくださったばかりか、ご自身の妃にとお声掛けまでいただき……」

「いやいやいやいや」

慌てて遮る。

「そんなことを言いだしたら、こちらこそシトエン嬢に謝らねば。その……」

わしわしと頭を掻く。

「こんな熊みたいな男との婚約になってしまって申し訳ない。王子とは名ばかりで」

肩を竦めてみせると、シトエン嬢は目を丸くして。それから、くすりと笑った。

ぐは、可愛い。もうなにをしても愛らしい。

「わたしが想像した通りの人でした。あなたは本当に変わらない」

変わらない？

「あれ、どこかで……」

お会いしましたか？と尋ねようとしたのだが、先にシトエン嬢が口を開いた。

「王子こそ、わたしでいいのですか？」

「ほんと、満足というか。ええ。はい」

食い気味に頷いてしまった。いかんいかん。がっつきすぎだ。

「それはよかったです」

頬を桃色にして笑うんだもんなぁ。もう、ずっと見ていられる。至福。

だけど、はたと気づく。

そうだ。あの男のことを話さねば。

「あ……、実はですね」

「はい」

きょとんとシトエン嬢が俺を見上げた。

「明日、友人が来るんです。ヴァンデルという男なんですが……。お疲れのところ申し訳ないが、会っていただけるだろうか」

「もちろん。光栄です」

いや、光栄なんて。

本当はあいつとは会わせたくないんだけど、もう王都に来ちゃってるらしいんだよな。行動が早いんだよ。

「あの……」

控えめに声をかけられる。

「はい」

もうそろそろ十五分経つかな、と考えながら返事をする。

「王子は、竜紋が気にはなりませんか？」

尋ねられて、一瞬動きを止めた。ちょうどさっき、竜紋のことを考えていたからだ。

「気にならない、と言えば嘘になりますが……。ただ、それほど気になることもないんですけど。えっと、なんか見ないといけないんですかね？　見ましょうか？」

なにが正しいのかわからないまま尋ねると、シトエン嬢は耳まで真っ赤にして顎を引くようにして縮こまる。

「いえ。あの、見ないといけないというわけではなくて……。その。気持ち悪い、とお思いにはなりませんか？」

「なにがですか」

「竜紋が……」

「いえ、別に」

どんなものだろうという好奇心はある。なにしろ、王族の身体にだけ施されるものだ。竜紋は衣服で隠れる場所にあり、しかも見たことを口にしてはならないとか。それほどみんなが大切に、大事にしてきたものなのだ。そうなれば、実際に見る機会などほとんどない。

それを気持ち悪いって……。なんだそりゃ。

「その……。殿方によっては見るのも嫌だ、と思われるそうで……」

どんなふうに言えば柔らかく聞こえるか。シトエン嬢は最大限の配慮を払って、そんなことを言い出した。

多分、アリオス王太子だ。

あいつが気持ち悪いとかわけのわからないこと言いやがったに違いない。

「タニア王国を語る上で竜は欠かせない。その竜を示す竜紋がある方は尊いと思いこそすれ……それ以上のなにも思いません」

俺も最大限の配慮をして言葉を選ぶ。

本当は、「そんなやつは放っておけばいいんですよ。そんな男に言われたこと、忘れちまえ」と言ってやりたいが、忘れられたり笑い飛ばせていれば、こんなことは言い出さないだろう。

「もし、シトエン嬢がよろしければ俺に見せていただけますか？」

自分史上最高に優しい笑みで言うと、ボンと火を噴きそうなほど、彼女は身体中を真っ赤にした。

え、なに。この反応。

俺、おかしなことを言ったか？

「あの……。お見せしたいのですが、まだ心の準備が……」

「心の準備？」

思わず尋ねると、シトエン嬢は小さな身体をさらに小さくしながら胸の真ん中を指さした。そして、うつむいたまま消え入りそうな声で言う。

「ここに、あるので……」

ちょうど、胸の谷間だ。

「なっ⁉　そ、それはダメだっ！　失礼しました‼　あの‼　今見たら、その‼　ええ、まずいですね‼　いかんいかん‼　まだダメだ！」

両手で押しとどめる。

いや、シトエン嬢は見せようとしたわけではないが……。

俺の妄想の中のシトエン嬢は『ご覧になりますか？』とか言って、服を脱ぎ出したからヤバい。

ナイトウェアが床に落ちて、真っ白な肌が現れてそこには竜紋が……あるんだろうけどなにより胸の谷間が気になって仕方ない！

胸の谷間‼　胸って、うあああああああああ‼‼‼‼

ここは撤退！　もうだめだ‼

「それでは、シトエン嬢。また明日！」

返事も待たずに部屋を飛び出す。

案の定というか、扉のすぐ外にはラウルと家令がいて。

「なんで顔が真っ赤なんですか」

「なにを妄想したんですか」

俺は答えず「うわあああ」と叫びながら廊下を走った。無意味に。

◇◇◇◇

次の日。

騎士団の屯所を飛び出し、馬で移動中もラウルにこの後の指示を伝えながら、なんとか時間通りに王宮内にある自分の屋敷に飛び込んだ。

今日は次兄が婿入り先に戻ったので、その警備をするためバタバタした。

なんでこんなややこしいときにヴァンデルは来るかな、と舌打ちする。

廊下を足早に歩くと、執事長が手を差し出してくる。

俺はノールックで乗馬用の手袋を手渡し、マントを取る。急いでいたのでポイっと背後に投げるが、執事長は落とすことなくキャッチした。

「ヴァンデルは？」

尋ねると、執事長はかしこまった。

「客間に。お時間通りにいらっしゃいました」

珍しい、と口をついて出る。

ヴァンデルとは軍の幼年学校からの腐れ縁だが、時間通りにやってきたことなど稀だ。

「たくさんお祝いの品をお持ちです。坊ちゃまからお礼を」

「わかった。シトエン嬢は？」

「すでに準備を整えておられますが、まずは坊ちゃまがお会いになり、その後に入室されるほうがよいかと」

「そうだな」

とにかく先にいろいろと釘を刺しておかねば。なにを言いだすかわからない男だ。

「お待たせいたしました、ヴァンデル様。坊ちゃまのご帰館にございます」

客間に近づくと執事長は近くにいた執事にすべての荷物を押し付け、俺の前に回り込むと扉を素早くノックして、息切れなど感じさせない声で来訪を告げた。

「おお、待ちかねたぞ。親友」

中からそんな声が聞こえるから、顔が歪んだ。

「なーにが親友だ、くそったれ」

執事長が扉を開け、俺が中に入るや否や、ソファに座っていたヴァンデルが立ち上がる。演技がかったしぐさで両腕を広げると、「ほれほれ」と抱擁を迫ってきた。

嫌だ。

無視を決め込んでヴァンデルの向かいの席に座ろうとしたら、いきなり横から抱きついてきやがった。

「離れろ！」

顎に一撃を食らわすが、「はっはっは。照れ屋だな」と言いながら頬ずりされた。

うっとうしい！　ヴァンデルを振り払い、距離を取るためにもさっさと向かいのソファに座ることにする。

「まさかお前がぼくより先に結婚するとはな。いやあ、人生とはわからないものだ」

ヴァンデルはくすりと笑う。

相変わらずひょろ長いやつだ。

背は俺より低いが、それでも高身長の部類。切れ長の瞳で、人目を引く美貌。右目の下にある泣きぼくろがちょっとなまめかしい。

辺境を領地にし、普段は境界を警戒警備しているだろうに、肌は青白く身体は細い。だがこの見た目に騙されてはいけない。華奢な体格のくせに、ド派手で激しい近接戦闘が得意だ。その戦いっぷりが血を好んでいるようだということで、在学時には〝吸血伯爵〟と呼ばれて下級生たちから恐れられていた。

「お前は結婚をする気がないんだろうが」

よりどりみどりのくせに、なんだかんだと難癖をつけて見合いを断りまくっている。女性たちが気の毒でならない。少しは断られるほうの身にもなってみろ、というものだ。

「ああ、あれは祝いの品だ。なにがいいかわからないから、適当に見繕ってみた」

ヴァンデルは座り、細く長い指で部屋の隅を指差す。

視線を移動させて驚いた。壁が見えないぐらい、いろんな箱が詰まれている上に、なんの外骨格かわからないものがドーンと天井から吊られている。

「あれはなんだ」

「クジラだ」

「お前の地方では婚約の祝いにクジラの骨を贈るのか」

「聞いたことはないが、お前のところはそうなんだろう？」

相変わらず口の減らない男だ。

じろりと睨みつけると、ヴァンデルは黒い髪をかき上げ、小首を傾げた。

「今日は仕事だったのか」

俺の軍服を指差すから、当然だと頷く。

「婚約式の関係で次兄が戻ってきていたんだ。今、国境まで近衛兵と騎士団を移動させている」

「ミハエラ殿はご息災か」

「おかげさまで。外舅《がいきゅう》殿が数年後に引退されるだろうから、今は王太子である嫁さんと一緒に引き継ぎに追われているらしい」

あちらは女性の王太子だ。初めてお会いしたときは、キリっとした凛々しさに見惚れるほどだった。

次兄のミハエラがわりと中性的な顔だから、男女逆転の人形のようだと思った覚えがある。

「しかし、婚約式のあとにすぐ仕事だなんて……。さぞかしベッドから離れるのがつらかったのでは？」

ヴァンデルが長い脚を組み、意味ありげに笑うから、むっつりとした顔を作ってみせた。

「王都での結婚披露パレードが終わるまで手を出すなと言われている。それまでは清い関係だ」

「おお。なんと気の毒に」

ニヤニヤ笑うから殴ってやろうかと腰を浮かしかけたときだ。

「カラバン連合王国は大変なことになっているらしいな」

ソファの背もたれに上半身を預けただらしない格好で、ヴァンデルが不意に言う。

「大変なこと？」

そういえば自分の婚約式のことでバタバタしていて、あの国のことを忘れていた。

「タニア王がルミナス王国の王太子に対して、カンカンにお怒りらしい」

「そりゃそうだろ。あれはひどかったぞ」

今思い出しても嫌な気持ちになる。

「竜紋を持つ娘を馬鹿にしたと、ルミナス王国に対して鉱山資源の売買を停止したそうだ」

「なんと」

もちろん鉱山資源が採れるのはタニア王国だけではない。別の国に資源を求めてもいいのだろうが、タニア王国に取引を停止されたから、すぐに他の国でお願いとはいかない。

石炭に鉄鋼。各種鉱石。それらは、連合王国という結束の中で融通しあっていたはずだ。

「ノイエ王はひたすら謝り、アリオス王太子は現在謹慎を兼ねて王城の一室に幽閉されているということだが……」

「まあ、閉じ込められているだけだろう。身体拘束まではされていまい？」

俺が尋ねると、ヴァンデルは返事の代わりに笑った。

「あの王は息子のことになると目が曇る。その緩い罰もあと数日で解けるそうだ。他の三国も処置の甘さに苛立っていてな。ノイエ王廃位の決議が出るかもしれんぞ」

そうなると選挙がはじまり、新たな選挙王が立つ。それを機に、五国がまた結束すればいいのだろうが。

「で？　その発端となった美姫《びき》はどこだ？」

ふう、と深い息を吐き、ヴァンデルはまただらしなくソファにもたれる。

前々から肌が白いと思っていたが、なんだか今日は一段と青白い。

「お前、どこか悪いのか？」

思わず尋ねると、ニヤリと笑われた。

「うれしいね。色男に心配されると噛みつきたくなる」

「女だけにしとけ」

心配して損したと横を向いたときだ。

「失礼します。シトエン嬢をお連れいたしました」

ノック音のあと、執事長の声が聞こえた。

「おお。ようやくご対面か」

ヴァンデルがわざとらしく片方の眉を跳ね上げ、クラバットの結び目を整えて立ち上がる。

いや、立ち上がったのだが。

ふ、と。

明らかに黒目が反転しかけて、うしろに倒れかける。

気づけば俺はソファから跳ね上がり、テーブルを超えてヴァンデルを抱きかかえていた。

「おい。大丈夫か」

抱えたまま、揺さぶる。

細身とはいえ、さすが武人だ。背中に腕を回したものの、結構な重量がある。意識を取り戻して姿勢を正してもらわねば、もろともに倒れそうだ。

「いや、悪い悪い。一番に祝いをしてやろうと馬を走らせたのが悪かったかな」

相変わらず顔は青白く、額から脂汗が滲んでいる。だが、顔を近づけると瞳には力が戻っていた。しっかりと視線が合う。

ヴァンデルは小さく息を漏らし、自分を支える俺の腕をぽんぽんと軽く叩いた。

「もう大丈夫だ、すまん」

「本当か？」

「ああ。それに、これ以上お前とふたり、密室で抱き合っていると奥方がよからぬ妄想をするだろう？」

またニヤリと意地悪く笑うから、とっさに振り返る。

扉口には執事長を背後に従え、目をまんまるにしたシトエン嬢が立っていて絶望する。

今のこの状況を客観視するならば、男同士が抱き合って顔を寄せ合い、口づけする前のように見えるだろう。

「ち　が　う　ん　で　す。　シ　ト　エ　ン　嬢」

ぎぎぎぎぎぎ、と軋み音を鳴らしながら俺は彼女に話しかける。

シトエン嬢のうしろでは、執事長が冷ややかに「なにをやっているんだか」という顔で俺を見ていた。

救いがあるとすれば、シトエン嬢がかろうじて愛想笑いを浮かべていることだろうか。

「古くから坊ちゃまを存じ上げておりますが、ヴァンデル様とはなんでもありませんのでご安心ください」

執事長が小声でシトエン嬢にそんなことを言っている。よりによってなんでこいつと誤解されねばならんのだ。

「そうですよ、可愛らしいお嬢さん。ぼくと彼はいわゆるご学友というやつです」

足に力を入れて立ち直したのか、ヴァンデルを支えていた腕が軽くなる。

ほっとしていたら、あろうことかヴァンデルはリップ音を鳴らして俺の頬にキスしてきやがった。

「この程度の関係ですから」

ははははは、と笑うから、「うがあああああ」と怒鳴って殴りつけてやる。

さっきまで卒倒しそうな気配だったのに、やつはひらりとかわしてシトエン嬢の前に進み出た。

「友人の心に矢を刺した女神。あなたにご挨拶する栄誉を与えていただけますか？」

恭しく一礼している。また、キザったらしいことを……。

だけど、こういうのが様になるんだよなぁ、こいつ。そんな風に苦々しく思っていたのだけど。シトエン嬢は慈愛に満ちた笑みで頷く。

うん、人ができている。

俺の心をがっつり持っていったのは、彼女の笑顔だけじゃない。

今日のドレス姿もすごく可愛い。朝食の席で見た服も可愛かったけど、これもまた似合うじゃないか。

なんで次から次へと俺の好みをついてくるんだ。どこかに俺攻略用の指揮官がいるのだろうか。

そうやって、ただただ見惚れていたのだけど。

ふと、アリオス王太子のところではほぼ幽閉状態だったと聞いたのを思い出した。

アリオス王太子が社交の場や外出先に連れ出すのはメイルだったとか。

きっと、タニア王やバリモア卿は、シトエン嬢にたくさんの服やドレスを持たせたにちがいない。

どこに行っても恥ずかしくないように。また同じ服を着ている、と言われないように。

自分はタニアという一国を背負っているのだと、シトエン嬢自身も気負ってルミナス王国に入ったであろうに。

きっと今、彼女が着ている服の大半はルミナスの誰の目にも触れなかったに違いない。

似合っているね、可愛いね、素敵だよ。

誰も彼女にそう言わなかっただろう。

そんなことを考えてモヤモヤしていたら、シトエン嬢がするりと右手をヴァンデルに差し出した。ヴァンデルがその手を取る。思わずはたき落としてやりたい衝動にかられた。

「シーン伯爵領で父の手伝いをしています、ヴァンデル・シーンと申します。どうぞ、お見知りおきください」

そう言ってシトエン嬢の右手甲に口づける。それがまた本当に絵になるから腹立たしい。

「シトエン・バリモアと申します。こちらこそ、どうぞよろしくお願いいたします」

桃色の唇がほころぶ。

ああ、もったいない。あの笑顔は俺だけが見ていたいのに。こんな男に見せてしまった。

「なるほど。これは友人も一発であなたの手に落ちるわけだ」

ニヤニヤ笑うヴァンデルを殴ってやりたい。

「めっそうもない。恋に落ちたのは、わたしのほうです」

シトエン嬢が恥じらいながら言うので、まじまじと彼女を見てしまう。

真っ赤になった耳とか、上気した頬を見る限り、どうも本音らしい。

すごく嬉しいと思う反面、相手は俺ですけど大丈夫ですか⁉と問い直したい気にもなる。

「この男の価値がわかるなど、お目が高い」

ヴァンデルはシトエン嬢の手を取ってエスコートし、ソファに座らせる。

「お茶を」

俺は執事長に声をかけた。

執事長は、やれやれ茶番は終わったか、とばかりに一礼をして退室した。

シトエン嬢の隣に俺が座り、向かいにはヴァンデルが座る。

「あれ、あいつにもらったんです」

シトエン嬢の耳元に口を寄せて言うと、くすぐったそうに肩をすくめながら俺が指差した方向を見る。

「まあ！　あの骨、クジラですか？　イルカですか？」

よく知っているな、と俺は目を丸くした。

「クジラやイルカを見たことがあるんですか」

タニア王国は山岳地方で海は遠い。海産物は他の連合王国から輸入するのだと思っていた。

「その……骨格標本を。家庭教師から」

シトエン嬢は焦りながらそんな説明をする。

「ああ、なるほど。流行《はや》っていましたからね。骨格標本」

地質学が十数年前に流行したことがあった。

巨大爬虫類の骨が出てきたり、いったいどんな姿なのかわからない大型獣の骨が古い地層から現れ、一大骨格標本ブームが巻き起こったのだ。

豪商宅や王宮内においても、いろんな骨格標本がモビールのように天井からぶら下がっていた。

「気に入ってくださってなによりですよ」

ヴァンデルが笑う。

「まさかあの箱の中、全部骨じゃないだろうな」

俺が皮肉を言うが、ヴァンデルはけろりとしたものだ。

「毛皮や枯れ草もあったと思うぞ」

いや、もっと無難なものを持ってこいよ、お前。

「ところで。そのドレスとてもお似合いですね」

ヴァンデルが膝の上に頬杖をつき、身を乗り出すようにしてシトエン嬢に微笑んだ。

「ありがとうございます」

礼を言うシトエン嬢を見て、しまったと顔をしかめた。

これ、俺が最初に言うべきじゃないか⁉

案の定、してやったりとばかりにヴァンデルが片頬をゆがめた。

くやしさに歯を食いしばっていたら、ちらりとシトエン嬢が紫色の瞳で俺を上目遣いに見る。

い、言わねば!! なにか言わねば!! 俺のターンだ!

「あ、朝の服も素敵でしたが、こちらもいいですね! こう……、あの。あれだ。とても初夏らしい! 花っぽいというか。ちっちゃいほら、あの実がなるやつあるじゃないですか。赤い。あの花の色に似ていますよね! シトエン嬢、肌がきれいだからよく似合っているというか、映えるというか。あれだ、うん。季節を取り込んだというか。先取り? いや違うな。えーっと……」

なんとか必死に言葉を吐きだす。

もう途中からちんぷんかんぷんになってきた挙げ句、ヴァンデルはうつむいて震えている。こいつ、笑っていやがるな。

だけどシトエン嬢は俺を見上げて、にっこりと微笑んでくれた。

アメジストみたいな瞳とか、触れたら消えちゃうんじゃないかって思うほど繊細な銀色の髪とか、つやりとした白い肌とか。そんなのが視覚情報として、どわーっと入ってきたあと、シトエン嬢が微笑んでいると、はっきりと理解した。

俺だけに微笑んだ!!

こんな幸せなことがあるだろうか。

「王子、とてもうれしいです。ありがとうございます。着て、よかった」

そんなことを言い、少しはにかんでからドレスのシフォン部分を指でちょいちょいと直す。それも、「こっちのほうがよく見えるかな?」って工夫している感じでめちゃくちゃ可愛い。いい。ほんと、全部いい。

そう感じて、気がつく。

そうか、思っているだけじゃダメなんだ。こうやって口に出して伝えないと。

自分の感情を言葉にしたり、伝える努力は必要なんだと、シトエン嬢の笑顔を見て感じた。

うまく言えなかったり会話の過程がまどろっこしくなっても、俺の心を形にして手渡すことが重要なんだと思う。

俺にとっても、シトエン嬢にとっても。

そうすることでお互いに安心したり、嬉しくなったり……。

そりゃあ、ときには不安にさせることもあるかもしれないけど、それならもっと言葉を増やせばいい。

それを気づかせたのが……この男《ヴァンデル》だというのがちょっと納得いかないが。

「失礼します」

口をへの字に曲げて見せたところで、執事長が入室してきた。

銀色のワゴンにのせた紅茶をサーブし、アフタヌーンティースタンドをテーブルの上に置いて退席する。

そういえば、腹減ったなぁ。

ティースタンドの皿の上には、小ぶりのケーキやマカロン、スコーンなんかもある。バターもあるけど、ミルクのやつかな。あれはあまり好きじゃないからジャムに……。あ。

こういうときは、先に女性へ声をかけたほうがいいのだろうか。多分、俺だけつまんで食ってたらだめだろう。

ちらりとシトエン嬢を見たと同時に、ヴァンデルが、ふう、とひとつ息を吐いて背中をまたソファにもたせかけた。

「……なあ、ヴァンデル。おまえ、どこか悪いのか？」

「言っただろ？　疲れているだけだ。このところ伯爵領でいろいろあってな。ちょっと無理がたたった」

シーン伯爵領の主な収入源は辺境という立地を生かした他国との関税や輸入品の売買。華やかで活気があるとはいえ、脱税や盗賊、詐欺師がいるのも確かだ。

俺は主に冬季期間中に山や陸続きの国境警備を騎馬でおこなうが、ヴァンデルは年中国境警備に走り回るのだから体力もいるだろう。

「山賊関係か？」

てっきりそうだと想像したのだが、ヴァンデルは曖昧《あいまい》に首を横に振る。この話はここでおしまい。そんな顔をしたのだが。

「あの……、僭越《せんえつ》ながら申し上げてもよいでしょうか？」

俺の隣から華やかな声が上がった。

「え、ええ。……どうぞ」

俺以上に驚いたのはヴァンデルだ。きょとんとした表情でシトエン嬢を見る。

「ヴァンデル様は貧血ではないでしょうか？　お医者様にはちゃんと診ていただいているのでしょうか……」

シトエン嬢は美しい眉を寄せて向かいの席に座るヴァンデルを見ている。

「貧、血」

なんとなく、女性に多い病気のイメージだ。顔が真っ青になって、ふーっと倒れるやつ。

「どうしてそう思われるんですか？」

ヴァンデルは肯定も否定もしない。

カップの取っ手を指でつまみ、優雅に唇に沿える。

「爪です」

「「爪？」」

ヴァンデルと声がそろってしまった。

「いわゆる〝そり爪〟と言われているものです。貧血の方に多いので……」

「え、これ？」

ヴァンデルはカップをソーサーに戻すと、爪を上にして手を開いて見せる。

「まあ……反っては、いる」

「持ち主と一緒で跳ね返りなんだろ」

俺はちゃちゃを入れるが、ヴァンデルに聞き流されてしまった。

「お薬などは？」

「ああ。医者に言われて」

ちらり、とヴァンデルが俺を見た。

え、お前ほんとに貧血なの？

だけど目が合った瞬間、逸らされた。

なんか、気づかれたくなかったという顔だ。

恥ずかしそうというか、気まずそうというか。なんでそんな顔をするんだか。

俺が不思議に思っていると、ヴァンデルは小さな声で話し始めた。

「ワインに古釘を入れて……それを飲んではいますが」

「なるほど」

シトエン嬢は何度か頷いたあと、小首を傾げた。

「お食事はどうですか？　豚の肝臓や鶏の……」

途端にヴァンデルが顔をしかめる。俺は慌てて口を挟んだ。

「ヴァンデルは吸血伯爵などと異名をとっていますが、昔から肉が嫌いで……」

なんでも味覚と嗅覚が敏感らしく、生臭い獣の肉は口にしないのだ。

シトエン嬢はふんふんと俺に対して頷き、ヴァンデルにまた向き直る。

「先ほどお住まいは辺境とお伺いしましたが……魚はどうでしょうか？」

なになに？　すごい喋るじゃん、シトエン嬢。

「魚は食べますが……好きと言うほどでは」

生臭さが苦手なのか、白身魚の淡白なやつを香草だの塩だの振って食べているイメージがある。

考えてみれば、昔から基本的にパンや野菜しか食ってないな、こいつ。ときどきソーセージやハムは口に入れていた気がするが。

「カツオなんていいですよ。あの血合い部分には……」

「血合いって、下処理が必要な部分だろう？」

さらにヴァンデルの顔が歪む。

まあ、わからんでもない。魚の中で生臭い部分だ。

「臭いが気になるようでしたら、冷水でよく洗い、しばらく浸してもらってもかまいません。衣をつけて、パン粉に乾燥した香草を混ぜればなお匂いも消えます。そのままフライにして……。そうですね、レモンなどをかけて召し上がれば小腸での吸収率があがります」

「吸収率？」

つい聞き返す。シトエン嬢は紫色の瞳を俺に向け、頷いた。

「鉄分や栄養価の高いものをただ食べればいいというものではありません。食べ物には食べ方というものがあります。内臓障害からくる貧血でなければ、食生活で体調を改善することは十分可能です」

「鉄分って……鉄を食うんですか」

不思議に思って尋ねると、シトエン嬢は頷いた。

「鉄そのものを食べるわけではありません。食べ物にも鉄分は存在しています。先ほどヴァンデル様がおっしゃっていた、釘を入れたワインを飲むというのも古くから伝えられている手段のひとつです。鉄成分がワインに溶け出しますから、それを飲んで改善させようということです」

シトエン嬢の言葉によどみはない。

「ただ、毎日の食事を充実させることも大切です。豚や牛、鶏の肝臓は鉄分が豊富で、身体が吸収しやすい食べ物ではあるのですが、嫌いなものを毎回食べるのは苦痛でしかありません。鉄分が豊富な食べ物はほかにもあります」

シトエン嬢はヴァンデルに話し続ける。

「たとえば、ほうれん草、ひじきなどもそうですね。豆類だと大豆、インゲン豆。ただ、こういった植物が含む鉄分は、人間の小腸が吸収しにくいのです。なので、たくさん食べても獣の肝臓のように吸収はできない。ただし、食べ合わせによって吸収率を上げることはできます」

「食べ合わせ？　一緒になにかを食べるということですか」

ヴァンデルが身を乗り出して尋ねる。

「ビタミンCやクエン酸と一緒に摂ると効果があがります」

「「ビタミンCやクエン酸？」」

またヴァンデルと声が重なる。なんだそりゃ。まず、何語なんだ？

「えー……っと。果物や酢ですね。そういうものと一緒に食べるといいのですが……。調理方法で工夫ができると思います。マリネとか、食事と一緒にオレンジ果汁を飲むとか」

「「へぇ」」

バカみたいにヴァンデルと声をそろえ、それから顔を見合わせた。

ふい、とまた顔をそむけるからなにかと思ったら、子どもみたいに口を尖らせる。

「貧血なんて……女みたいな病気だと思っただろう」

うん、と言いかけて寸前で留める。こいつのプライド的ななにかを傷つける気がしたからだ。

だから俺に貧血で調子が悪いって言いたくなかったのか。相変わらず見栄っ張りなやつだ。だいたい、俺にかっこつけても仕方ないだろう。

「病気に男も女もないだろう」

代わりにそう言う。

「そうですよ。病気からくるつらさに男女は関係ありません。ひとしく、みんなつらいんです」

シトエン嬢が俺の隣でにっこり微笑む。

「貧血が改善したら、びっくりするぐらい楽になりますよ。世間の人は息をするのがこんなに楽だったのか、ずるい！って」

だから……と、シトエン嬢は膝の上で握りこぶしをそろえる。

「がんばって、お食事を摂りましょう」

「……なんか医者みたいですね」

俺が思ったことを言うと、シトエン嬢はソファからちょっとだけ飛び上がった。数センチは浮いた気がする。

「い、いえいえいえいえいえいえいえいえいえいえいえいいえいえいえいえい」

途中から「いえいえ」なのか「えいえい」なのか。

繰り返し言い続け、同時に首を横に振り続けるから、最後は目が回ったのかこてんと俺にもたれかかる。「ひゃあ、ごめんなさい」と、ソファの端っこまで移動してしまった。

なに、この可愛い生き物。どうしよう。

「医学の知識がおありなのですか？」

ヴァンデルの低い声が室内に響く。ピンと空気が張った。

「タニア王国といえば、内陸の山岳地帯。申し訳ないが、うちの伯爵領とは付き合いがなく……。お父上のバリモア卿は、王の宮廷医師かなにかでいらっしゃるのですか？」

「いえ、その……」

さっきまで真っ赤になっていたのに、今は真っ青になってシトエン嬢が口ごもる。その様子に、国の機密でもかかわっているのか?とちょっと不安になった。

「医学の知識をどこかで学ばれたのですか?」

ちらりとヴァンデルを見ながら、俺は口を挟んだ。

シトエン嬢は気まずそうに俺を見ている。

ただ、黙ったままだ。

「その……。言い方は悪いが、シトエン嬢の言葉は正しいのですか?　本当にその食べ方をしたら、ヴァンデルの貧血は治るんですか」

少し言いすぎたかなと思ったけど、シトエン嬢はほっとしたように頷く。

「個人差はありますが、今、わたしがお伝えしたことは間違いないはずです。内臓疾患でない限りは、これで貧血は改善されます。ヴァンデル様の爪はそり爪であるうえに、横に筋が入っています。それは、その爪が生え変わったときに栄養失調状態であったことを示しています。多分、食生活が根本的に乏しいのか、と」

「伯爵の息子なのに、食生活が乏しいって。どうなんだ、お前」

学生時代なら学食で強制的にメシを食わされるが、実家に帰った途端やりたい放題しているな、こいつ。

「医師ではないのですね?」

ヴァンデルが念を押す。しつこいな。別にいいだろと俺は思うが。

「医師では……ないです。ただ、信じてください。この知識は間違っていないはずです。

わたしが申し上げたとおりの食生活を続ければ、ヴァンデル様の体調は回復し、わたしの言葉を裏付けてくれることでしょう」

シトエン嬢が拳を握りしめて力強く言う。

「なるほど……。医師ではないが、医学の知識はあると。これは使えるかもしれん」

「ん？」

俺と目を合わせると、急にそんなことを言い出した。

「なあ、サリュ」

「なんだ」

「このお嬢さんを連れて、ぼくの領に来れる最短日はいつだ」

「は？」

非常にまぬけな声が出た。

ヴァンデルが俺の首根っこを捕まえ引っ張り寄せる。

ガタンとテーブルの脚が揺れ、下からふくよかなバターと砂糖の匂いが漂ってきた。

「陛下にはぼくから父上の名前で申請を出してくる。いつだ。いつ、うちの伯爵領にふたりで来ることができる」

鼻先が触れ合う距離で尋ねられた。

「俺も仕事があるからなあ……」

「何日で片付けられる」

「…………五日、かな」

「じゃあ、移動に最長で七日かかって……。よし、父上にも伝える」

言うなり、ちゅ、とまた俺の頬にキスをしやがった。

「しつこい！」

ドンと突き放すと、ヴァンデルはするりと立ち上がり、シトエン嬢に対して恭しく礼をした。

「では、我が父の領でお待ちしておりますよ、不思議なご令嬢」

いつものあでやかな笑みを浮かべてヴァンデルは退室した。

こうして。俺とシトエン嬢のシーン伯爵領行きが決まってしまった。

◆二章◆

俺の婚約者が、優秀すぎて尊い

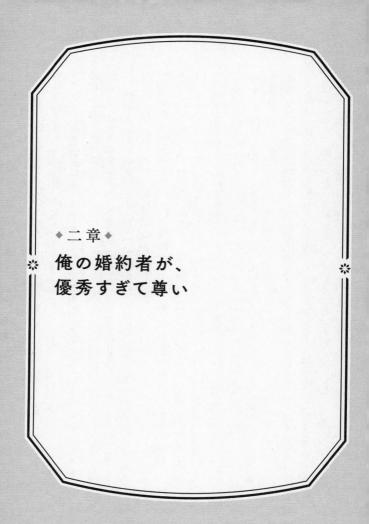

これは失敗したなぁと、夜会が始まって十分もしないうちにため息が出そうになった。

場所は、テオドール伯爵の屋敷。

ヴァンデルが婚約祝いを持ってきて、『ぼくの領地に来てくれ』と言ったあの日から、すでに二十日が経っていた。

俺としては、当初やつに言った通り、五日あれば引継ぎの仕事自体はできたのだが、シトエン嬢を連れての移動経路や各所への連絡、父上の許可と王太子への説明などをおこなっていたら、あっという間に日が経ってしまった。

なにしろ、ヴァンデルの元へ行く理由がいまいち俺もシトエン嬢もよくわからない。

王太子からは『なんのための外出だ。なにをしに行くんだ』と問われたが、答えようがない。ヴァンデルからは『とにかく来てくれ』としか言われていないのだから。

ただ、ヴァンデルと父君であるシーン伯爵は、父上にしっかりと説明をおこなっていたらしい。

なんでも機密事項にあたるらしく、渋っていた王太子も父上から直に説明されて納得したようだ。

そんなこんなで、予定よりもだいぶ出発が遅くなることを詫びる手紙を出すと、ヴァンデルからは『仕方ない。三男とはいえ王子が王都を離れるんだからな』と返事が来たので、少しほっとした。向こうだって無理を言っていることはわかってくれている。

で。

俺ひとりの移動ならどうとでもなるが、シトエン嬢を連れての旅となると、これがまたややこしい。

道中の宿泊は王家が季節ごとに使う別荘を転々としようと思っていたら、各領主たちが『ぜひとも我が屋敷に』と言い出し、結局経路として通過する領主の屋敷にお邪魔することになった。

おそらく、シトエン嬢を見たいのだろう。

国王の三男がどんな嫁を貰ったのか。

普段、王都から遠ざかっている領主たちにとっては、恰好のネタだ。

『宿泊する屋敷で顔見せを兼ねるようです。大丈夫ですか？』

シトエン嬢には断りをいれたが、彼女はふたつ返事で『もちろんです』と答えてくれた。

まあ俺としては、領主一族と夕飯を共にするぐらいだろうと思っていた。

なので、移動の馬車の中でシトエン嬢に、宿泊する領主の名前、家族構成、領の特徴などをかいつまんで説明し、彼女はそれを暗記して対応することになったのだけど。

まさか初日の屋敷でこんなにも盛大に歓迎してくれるとは。

「いやあ、王子が滞在なさると伝えると、ぜひご拝謁《はいえつ》したいということで」

テオドール伯爵は、大きな腹を揺すりながら笑っている。俺もお愛想程度に笑みを浮かべ、手元のグラスを傾けた。

だいぶ濃い蒸留酒は、この地の銘酒らしい。お世辞抜きに鼻に抜ける樽の香りがいい。

次兄辺りが好きそうな酒だ。

俺はまた一口飲んで、会場内を見回す。

屋敷一階をぶち抜くホールの中央辺りにパーテーションや装飾花を配置して、男性側と女性側が分けられていた。

俺の周囲には、ホストのテオドール伯爵と、その父君。それから娘婿だの遠方のなんちゃらだのがいて、さっき挨拶が終わったところだ。さすがに高齢の貴族たちは、その後よたよたと椅子席に移動してパイプをくゆらせている。

壁際には、まだ十代前半らしい貴族の子弟《してい》たちがそわそわしながらこちらを見ている。目が合うと、覚えたてみたいな礼を見せてくれるから微笑ましい。俺に声をかけたくてウズウズしているらしいが、親御たちから止められているのか、時折近寄ってきては、おつきの者に引き戻されている。それもまた和む。

シトエン嬢は大丈夫だろうか、と俺は会場を見回すふりをして今度は彼女の姿を探した。

どうやらあちらも、ホステスであるテオドール伯爵夫人を中心に会話をしているようだ。

シトエン嬢の語学力はたいしたものだから心配はしていないが、問題は名前と階級の把握だ。うまくやれているといいのだが……と、なんとなく保護者みたいな心配をした。

引き連れてきた団員たちが警備のため会場の内外にいるから、なにかあれば報告はくるだろうが……。あとでラウルをさりげなくシトエン嬢の元に差し向けよう。

「いやしかし、王子」

はいはい、と会話の輪に顔を向け、にこりと微笑んでみせる。

こちらに向かって鷹揚《おうよう》に笑っているのは、四十代くらいの男だ。伯爵の従兄弟《いとこ》だったか。

「王子がルミナス王国の婚約式でシトエン嬢をかっさらったと聞いたときは、さすがティドロスの冬熊と頷きました」

口に含んだ酒を吹き出すかと思った。反射的に飲み込めば、盛大にむせかえる。

「大丈夫ですか！」

「王子⁉」

背を撫でられるが、手で制して執事にグラスを返す。口元をハンカチで拭いながら、「はあ⁉」と言いたいのをなんとか堪えた。

「か、かっさら……？　え……⁉　なにやら事実とだいぶ違っているようだが……」

ティドロスの冬熊はあってるけどね。

「おや、そうなんですか」

輪にいる全員が驚くから、こっちが仰天する。いったいどんな噂がちまたに流れているんだ。

「いやその……。王妃の護衛で参加はしました。そこで、シトエン嬢に対して大変無礼な場を目撃したものですから、騎士としてシトエン嬢に代わり謝罪を要求したまでで……」

かいつまんで説明すると、ははあと皆が声をあげた。

「まあ、それがご縁で王妃がシトエン嬢を大変お気に召し、このような運びに」

「なんと、噂というのはいい加減なものですなあ」

「こうやって真相をうかがってみれば、全然違っておりました」

誰もが顔を見合わせてそう言い、笑う。まあ、この程度の噂なら可愛いものだ。

「噂といえば、シトエン嬢も噂とまったく違いますな」

テオドール伯爵が、むふうと鼻から息を抜く。大きな腹がもったりと揺れた。

「噂？」

俺は、シトエン嬢のことはアリオス王太子との婚約式で初めて知った。

それ以前になにか噂が飛び交っていたのか？　あいにくと、社交界には疎いので知らなかった。

「アリオス王太子と婚約をしていたときのことですが、タニア王国出身であり、竜紋を持っていることを鼻にかけていたとか」

「社交界に出てこないのは、ルミナス王家をバカにしているからとも聞きました」

テオドール伯爵とその従兄弟が頷きあいながら俺に話す。その横で、領内の高位貴族たちが言いにくそうに口を開いた。

「お言葉にも不自由されているご様子と言われていました。外国語がまったくできないために、社交界に出てこられないのだろうと」

「金遣いも荒いとか、使用人をいじめるとか。それはそれはひどいもので……」

「誰がそのような！」

思わず大声が出てしまった。びくりと周囲の貴族たちが肩を震わせる。ラウルが背後で「団長」と小さく呼びかけてくれて、慌てて取り繕った。

「失礼。つい……」

だが、俺の無礼に貴族たちは恐縮で応じてくれた。

「こちらこそ申し訳ありません」

「もちろん、今日シトエン嬢にご挨拶をし、その人となりに触れて、たちの悪い噂だということは存じ上げています」

はあ、とテオドール伯爵が代表するかのようにため息を吐いた。

「シトエン嬢との縁を望まぬアリオス王太子が広めた悪評でしょう。実際、シトエン嬢は外国語も堪能ですし、ご自分の出自《しゅつじ》を鼻にかけるそぶりもない」

誰に促されたわけでもないのに、なんとなく皆が会場にいるシトエン嬢を見た。

彼女は今、年の近い令嬢の話を熱心に聞いたあと、なにか話しかけた。途端に、柔らかな笑い声が彼女たちを包み、近くにいる使用人たちさえも口元をほころばせている。

もちろん、あの場で使われているのはシトエン嬢の母国語ではない。ティドロス語だろう。初めて会ったときは、流暢《りゅうちょう》なカラバン共通語を話していた。

美しくもあり、気さくさも兼ね備えている才女といえるだろう。

単純にアリオス王太子がシトエン嬢のことを気に入らず、社交界に連れていかなかったために、妙な噂が立って尾ひれをつけたのだろう。

ふと思った。

彼女はもう、どれぐらい母国語を話していないのだろう、と。

ルミナス王家に馴染むよう、二年前から国を離れたと聞いている。そして、そのあと俺のところにきた。

都合二年。彼女はほとんどを外国で暮らし、その国の言葉を話している。

その経緯を考え、俺はなんともいえない気持ちになった。

婚約式につけていた白いヴェール。俺には白い繭に見えた。

だとするならば、彼女は生まれ落ちた自分とは違う者になるために白繭《ヴェール》をかぶり、心を殺す努力をしているのだろうか。

「ルミナスの宮廷は現在躍起《やっき》になっているとか」

ぼそりと誰かが呟く。シトエン嬢から視線を移動させると、その呟きに数人が同調した。

「新しい王太子妃は世情に疎く、国内の社交界では問題ないが、外交の席には出せないと」

「ああ、あれだろう。タニアの駐在員の件」

「駐在員？」

幾人かが顔を顰《しか》めながら頷いた。

「シトエン嬢との婚約破棄の件で、タニア王はいたくお怒りになり、現在ルミナス王国への鉱物資源が輸出停止になっておられるのは、王子もご存じでしょう？」

「ああ。おかげで、わざわざ外国からタニアの資源を買い付けているんだったかな」

「その件で新しい王太子妃……えーっと、メイル王太子妃か。その方が、タニア王国の駐在員のところにいきなり押しかけ、『宝石を売ってください』と直談判したらしいのです」

呆気にとられた。

「その理由がまた……。自分の結婚式のときに使用する宝石の数が少なくなるから、だそうで」

悪いジョークかよ。会話の輪からも失笑が漏れた。

「今まではシトエン嬢が悪役を引き受けていたから今の王太子妃の人気が高かったのでしょうが……」

「からくりがバレた今となっては……」

貴族たちは互いに肩を竦め合い、グラスの中の酒を飲んだ。

「隣国の王太子は見る目が無いんですね」

ラウルが俺にだけ、こっそり声をかける。俺は鼻を鳴らした。

あんなにシトエン嬢を傷つけたのだ。少しぐらい痛い目をみるがいい。

「おや？」

ムカムカしていたら、ラウルが再び小さく声を発する。声の音量を調整したのだろう。

周囲の貴族たちは誰も気づいていない。

視線だけ動かしてラウルを見ると、目をシトエン嬢に向けていた。

つられるように俺もラウルの視線を追う。

そこには、シトエン嬢が細長いグラスを持って首を傾げている姿があった。少し困ったような表情だ。

あれ？　グラスなんて持っていたか？　目を離した隙に、ウェイターからなにかもらったのだろうか。

すかさず壁際から侍女のイートンが駆け寄るのが見えた。

シトエン嬢がさりげなく会話の輪から離れ、イートンになにかを言えば、イートンも盛大に眉をしかめている。

「ラウル、行ってこい」

俺が言い終わるより先にラウルが動き出した。

異変に気づいたのは警備の騎士たちも同じだが、指示を待っているらしい。俺が軽く首を横に振ると、待機を続けた。

ラウルはシトエン嬢とイートンに近づき、いくつか話しかける。

イートンが肩を怒らせて訴え、シトエン嬢はイートンをなだめている。

ラウルが頷きシトエン嬢からグラスを受け取ると、彼女はほっとしたように、だけどどこか申し訳なさそうにラウルに頭を下げた。ラウルが慌ててそれを押しとどめる。

シトエン嬢はイートンに促され、また会話の輪に戻った。

貴婦人たちも、なにかあったのだろうかと不思議そうな顔をしたが、さりげなくシトエン嬢を会話に入れてくれたようだ。

「どうした」

貴族たちの輪から離れ、戻ってきたラウルに声をかける。

「それが、これ」

ラウルがグラスを差し出してくる。

先程シトエン嬢が持っていたものだ。

色合い的に、中に入っているのはオレンジ果汁を炭酸で割ったソフトカクテルらしい。

ゴミでも入っていたのだろうか。

「ちょっと匂いを嗅いでもらってもいいですか?」

グイと鼻先に押し付けるから、ぎょっとした。

「まさか腐っているのか?」

「そうじゃなくて」

ラウルから受け取り、恐る恐る鼻を近づける。

柑橘独特のさわやかな香りが鼻をくすぐる。やはり、オレンジ果汁らしい。

「ん?」

行儀が悪いと思いつつ、さらにグラスに鼻を近づける。

「桃が入っていないか?」

つい言葉が険しくなった。

微かだが、桃独特の甘い匂いを感じる。

「ですよね」

ラウルも怒りを滲ませる。

今回の宿泊にあたり、各領地の領主へ通達を出していた。

シトエン嬢は桃とリンゴが食べられない。食事や菓子には絶対用《もち》いないように、と。

幼い頃から食べると喉の内側や顔が腫れあがり、熱が出て大変なのだそうだ。

それは年々ひどくなっており、今では果汁に触れるだけで具合が悪くなるとか。

なので、食事には絶対に入れてくれるなと連絡をしていた。

実際、今日の食事にもデザートにもそれらは一切使われていない。

それなのに。なぜ、このようなかたちで桃が出る？

「……このグラスはどのようにしてシトエン嬢へ？」

「シトエン嬢がおっしゃるには、執事が近づき『どうぞ、姫』と声をかけられたので、てっきりオレンジ果汁だと思って受け取ったのだそうです。なんでも、その前に飲み物はオレンジが欲しいと所望されていたそうで」

見た目はそうだ。透かし見ても、橙色の液体に、割った炭酸の細かい気泡しか見えない。

「ところが鼻先に近づけたところで桃の匂いに気がついたらしく……。どうしたものか、と思案していたと」

「誰かと間違えたのか？」

オレンジと桃のソフトカクテルだと言われれば、ありそうだ。

「でも『姫』と呼びかけられたわけですよ？　この会場内に他にそんな敬称の女性はいないでしょう」

ラウルの声が低くなる。

訓練された警備犬のようにちりちりとした警戒感を発していた。

「わざと、って言いたいのか？」

俺が尋ねると、素直に「はい」と答えるから苦笑いが漏れた。

「まだ事を荒立てるには早い。もう少し様子を見よう」

ラウルは不満そうに口をへの字に曲げる。俺は肩を竦めてみせた。

「ひとまずシトエン嬢にこのグラスを渡した執事を探せ。事情を聞こう。話はそこからだ。シトエン嬢のお披露目みたいなこの場で物騒なことはしたくないし、誤解させることも気まずい」

壁際の騎士数人に指文字を送り、出入り口のほうへ進ませる。

「どうかなさいましたか？」

テオドール伯爵に問われ、俺は愛想笑いを浮かべた。

「いいえ、すいません。部下とちょっと」

そう言いながら、会話に戻った。

◇◇◇◇

三時間後。

俺とシトエン嬢は寝室で向かい合って立っていた。

「気まずいでしょうが、あの……、俺のことは空気かなにかだと思ってください」

ぺこりと頭を下げると、シトエン嬢は驚いたように目を見開いた。

「そんな。わたしこそ、お邪魔でしょうが……」

あちらもぺこりと頭を下げるから、なんとなく俺もまた頭を下げる。

父上や王太子から『結婚式まで手を出すな』と厳命されているため、俺の屋敷では寝室や居室は別にしているのだが……。

この移動中はどうしたものかと。

『結婚式までは寝室は別にしているんです』

そう説明して別室にしてもらってもいいのだが、そうした場合、また変な噂が立ってもかなわない。

今度もあの令嬢うまくいかなかったみたいよ、と。

慎み深さをアピールしたほうがいいのか、それとも愛されている感を出したほうがいいのか、盛大に悩み、かつ、現在は別の問題も浮上している。

シトエン嬢が狙われているかもしれないという問題だ。

つい一時間前、騎士団の中で侃々諤々《かんかんがくがく》の議論をおこなった結果。

『団長、寝室別はまずいっす。いろいろ危ないです』

一同がそう言ったため、その結論に従うことにした。

屋敷ではシトエン嬢に手を出さないように！と常に目を光らせているラウルでさえ、その意見に賛同している。

なにかあったとき、一番に対処できるようにティドロスの冬熊がそばにいれば安心だということなんだろうが。

まあ、一番彼女を襲いそうなのは俺であって、これはこれで危ない気もするが……。

そこは鉄の理性で本能をねじ込むしかない。

「俺、その辺で寝るので」

枕をひっ掴み、俺は適当にソファを指差した。

さすが伯爵家。ゲストルームがかなり広い。無駄に大きなソファはあるわ、暖炉はあるわ、カウンターバーはあるわ、天蓋付きのベッドはあるわ……。どうやらバルコニーまでついているらしい。

「王子をソファで寝かせるなんて。わたしがソファで寝ます！」

ビシっとシトエン嬢が挙手をするから吹き出した。

「いや、女の子をそんなところで寝かせたら王子と言えないでしょう」

「お、女の子って……。もうそんな年じゃないですよ？」

シトエン嬢が真っ赤になって恐縮しているが。

二十歳そこそこって、もう女の子じゃないのか？

「あの、でしたら一緒にこのベッドで寝ましょう」

シトエン嬢が真剣なまなざしで俺を見るから、おもわずのけぞりそうになった。

「わたしのことは、それこそ空気かなにかだと思ってください。端っこでじっとしていますから」

いやいや、俺がじっとしていられるかが問題なんだが。

「……いや、俺はソファで……」

「では、わたしも一緒にソファで寝ます」

「は？」

「王子をひとりでソファに寝かせるなんてできません。ならば、わたしも一緒にソファに寝ます」

「ちょっと理解ができないんですが……」

「理解できないなら、選んでください。わたしと一緒にソファで寝るか、ベッドで寝るか」

すごい気迫で迫られた。

「…………じゃあ、ベッドで」

いや、俺としてはソファで一緒に寝たかった。

だって、ベッドより明らかに密着できるじゃないか。

密着したとしても、「狭いから仕方ないですね」って言えるじゃないか。言い訳できるじゃないか。

「そっちは狭くないですか？　もっとこっちに来れば……あっ、すみません。そんな気はなかったのですが手が当たってしまって……。え？　寒い⁉　じゃあもっと俺のそばに……」

そのあと、ぎゅーって抱きしめても不可抗力として認められるではないのか⁉

だ　け　ど　。

それで俺の理性はもつのか⁉　手を出さないって言えるのか⁉　本当に⁉

いや、無理だね！

俺は俺のことを一番よく知っている。

そんな状況、絶対に手を出す。

確実に、出す。

そしてその後、激しくへこむぐらいなら、ベッドの端っこでひたすら我慢しているほうが断然いいというものだ。

「じゃあわたし、あの辺りでじっとしてますから」

ほっとしたようにシトエン嬢は笑い、よいしょ、とベッドによじ登った。

そのまま、四つん這いでベッドの奥まで移動する。

そのときナイトウェアの裾がはだけて、ずいぶんと白いふくらはぎがちらりと見えた。

思わず顔を背ける。

まずい。ガン見したい。

というか、動きがいちいち小動物みたいで可愛い。

なんかこう……なんかこうさ!!　もうちょっと、もうちょっと男らしく動いてほしい!!

でないと、俺の理性が持たない！

「この辺りでいいですか？」

すごい端っこにぺたんと尻をつけてシトエン嬢は座り、俺に向かって小首を傾げる。

……うん。適切な範囲であり、かつ、危機的状況を避けられる距離だと思います。素晴らしいですね。

「あんまり端っこに行って、落ちないでくださいね」

俺は苦笑いし、覚悟を決めてベッドの手前に腰掛ける。ぎし、とスプリングが軋んだ。

そういえばシトエン嬢はあれだけベッドの上で動いたのに、音もしなかった。軽いんだなぁと思うと同時に、ベッドの上で動くシトエン嬢という言葉に触発されて、いらぬことを勝手に妄想した。

ああもう、俺はなんてダメなやつだ……どうしようもねぇな、とひとり落ち込む。

「どうしました？」

声をかけられ顔を向けると、枕を胸の前で抱え小首を傾げている。なに？　もう、お人形みたい。

「大丈夫です、大丈夫です、大丈夫です。あ、そうだ」

うなだれてばかりもいられない。

「さっきのドリンクの件ですが」

強引に話題を変え、ベッドにあぐらをかいてシトエン嬢に話しかけた。

例の桃が混入した件についてだ。

「別の令嬢に渡そうと思ったものが間違って運ばれたようで……。平身低頭《へいしんていとう》して謝られました」

「そうでしたか。あの……、あまり事を大きくしないでくださいね」

「もちろんです」

まあ……今のは真っ赤な嘘なわけで。

実際、執事は見つかっていない。

イートンがシトエン嬢にグラスを渡した執事を見ており、その外見を頼りにラウルと数人の騎士がくまなく探したのだが、どこにもいない。

執事長にも確認したが、そのような外見的特徴をもつ執事がまずいない。

その辺りで、俺も騎士団も警戒というか危機意識をもった。

これはシトエン嬢が狙われている。

理由はわからない。

シトエン嬢はまだこの国にきて日が浅い。嫌われるほどのなにかをやってもいなければ、そもそも正式なお披露目の場すらない。

『最大限、注意を払え』

騎士団にそう命じ、俺自身が一番近くで彼女を守るしかない。

「お疲れではないですか？」

シトエン嬢が瞳を細める。いきなり黙り込んだから心配させたらしい。

「平気ですよ。シトエン嬢こそ……。あ」

俺は姿勢を整えて、シトエン嬢に向き直った。

彼女はきょとんと俺を見る。

「そうそう。昼間に思ったけど、俺とふたりのときはタニア語で話さないか？」

タニア語で話しかけると、シトエン嬢の瞳がまんまるになった。

「話さないか、と言っておいてあれなんだけど、タニア語の敬語や丁寧語は全然で。こんな日常会話みたいなのしか話せないんだけど」

盗賊相手に尋問するときにしか使わないから、ろくな外国語の覚え方をしていない。敬称さえも曖昧だ。

「それは問題ありませんが……どうしてそのようなことを？」

彼女はきれいなティドロス語で返してきた。

「いや、ほら。シトエンはずっと外国語を話しているじゃないか。たまには母国語が恋しくない？」

ルミナス王国では気を張り、かつ、手厳しい対応の中、外国語での対応を強いられた。

それはティドロス王国に来ても同じだ。

もう失敗はできないとばかりに気を張って生活をしているのが俺でもわかる。

「さすがに公《おおやけ》の場ではティドロス語を話してもらわないといけないけど……。俺とふたりのときぐらいさ、タニア語を使おうよ」

まあ、こんな下手くそだけど、と笑ってみせる。

だけどシトエン嬢はなんだか表情をこわばらせたまま、ぎゅっと枕を抱く腕に力を込めるから困惑した。

「シトエン？」

そっと名前を呼んでみる。

気を悪くしたのだろうか。とっさにそう考えた。

俺の思いつきなんて、彼女にとっては慰めにもならなかっただろうか。

それとも、バカにされた。そう怒っているのだろうか、とひやりとした。

「……どうして、そんなに優しくしてくれるんですか」

シトエン嬢の桃色の唇がタニア語を紡ぐ。

ひとまずほっとした。怒っているわけではないらしい。

「優しい？　俺が？」

ちょっとおどけたように肩を竦めてみせたが、シトエン嬢は相変わらず身体を固くしたままだ。

「初めて婚約式でお会いしたときもわたしを守ってくださって……。この国に来てからも、こんなによくしてくださって」

「いや……それは」

彼女の視界に入るように少し背を丸めた。

「だって、俺たち夫婦になるんだろう？　夫が妻によくするのは当然だ」

夫婦とシトエン嬢は呟く。

そのとき、なにか違和感を覚えた。

目の前にいる彼女は澄んだ瞳をまっすぐ俺に向けている。

だけど、なんていうのか。

向こう側を見ているような感じがしたのだ。

俺を通して、違うなにかを彼女は見ている。

なんだろう。俺はシトエン嬢を凝視するが、彼女はなにを言うでもなく、長い間、黙り込んだままだった。

「……あの、王子」

どれぐらい時間が経っただろう。ようやく俺に呼びかけた。

彼女の瞳には緊張がみなぎり、肩はさっきからこわばりっぱなしだ。

「わたしの竜紋を、見てもらえませんか？」

「竜紋って……。いや、それは……」

さすがに狼狽えた。

だって竜紋は胸の真ん中にあるって言ってなかったか？

「竜紋はわたしの誇りでした。少なくとも、故郷では」

小さくて可愛らしいシトエン嬢の顔。いつもは優しく笑い、穏やかに三日月を描く唇。陽だまりのようで、焼き立ての菓子のようにほっこりとした彼女。

だけど今は張り詰め、ピリピリした雰囲気をまとっていた。

「竜は我がタニア国にとって神であり、国そのものでもあります。その印をつけた王族というのは、気高く、国を体現していると教えられて育ちました」

シトエン嬢の瞳は紫水晶のようだ。それ以前に、彼女の人となり自体が貴石のようだと思っている。

「俺もそう聞いている」

素直に頷いたのに。

彼女はつらそうに、そして苦しげにひとつ息を吐き、「ありがとうございます」と礼を口にした。

「我が国の歴史、我が国の文化に理解を示し、共感をしてくださるこの国の方々には本当に感謝以外ありません」

「それはシトエンが同じようにティドロス王国を愛してくれるからだ」

実際、俺が促すまで彼女は母国語を話さず、今の今まで故国の服を身に着けようとさえしない。

「ですが、礼を礼で返す国ばかりではないのだということもわたしは身をもって知りました。……すみません。失言でした」

うつむいた彼女の口から、そんな言葉が漏れ出た。

堅い顔でシトエン嬢は顔を上げる。絹糸のような銀の髪が揺れ、空気に残像をたゆたわせた。

「すべてはわたしが至らぬことです」

「起こったことのすべてを自分のせいにするのはよせ」

ついきつい言葉が出てしまったが、シトエン嬢はなぜだか嬉しそうな顔をした。

「やっぱり優しいのですね、王子は。昔と変わらない」

微笑んだ彼女は、そのまましばらく口を閉じた。

まただ。

また、彼女は俺のことを「変わらない」という。

いつ、どこで会った？　全然覚えがない。

まじまじと彼女を見つめる。ぎゅ、と下唇を噛んだまま動かない。

なにか迷っている。

ただ、言おうとはしていた。なにか伝えようとしている。

だったら、待つしかない。

沈黙は悪じゃない。時間はときに誰かを優しく包んでくれる。

「その……。嫌悪感というのは、どうしようもないのです」

静かにシトエン嬢は話し始める。

だが、それは俺と昔会った話ではなかった。

「わたしは……そうですね。昆虫が苦手です。あの幾本《いくほん》もの長い足やどこを見ているのかわからない目が」

想像したのか、ちょっと彼女は肩を震わせた。

「王子はなにか苦手なものがありますか？」

尋ねられて「母上と王太子です」と即答すると、笑われてしまった。

「そうですね……。うーん」

くすくすと笑いの余韻を残してシトエン嬢は、何度かまばたきをした。

「たとえば、わたしのように虫が嫌いな人間がいて。目の前に昆虫を身体に刻んだ人が現れたとしましょう」

シトエン嬢は俺を見て、悲しげに微笑んだ。

「嫌いなものを身体に刻んだ者を、王子は好きになれますか？」

ああ、これはアリオス王太子のことかと察した。

あいつが嫌いなものを俺は知らない。竜なのか、うろこなのか。そもそも身体に刻むという行為自体なのか。

つまり、アリオス王太子はシトエン嬢のことが生理的に嫌だったのか。

シトエン嬢の身体に施された竜紋が、やつの嫌悪感を刺激するのだ。

「生理的に拒否するものをわたしが持っていたら……。きっと好きになどなれないです」

淡々と言うシトエン嬢に、俺は悲しくなるというより腹が立ち始めた。

紫の瞳を潤ませ、桃色の唇であの男のことを語るなと怒鳴りたい気持ちを必死で堪える。

もう忘れちまえ、と叫び出したい。

今、目の前にいるのは俺じゃないか、と。

「なので、王子。わたしの竜紋を見てください」

「見てどうするんだ」

気づけば喧嘩腰の声が口から飛び出していた。

「嫌《きら》えって？　気持ち悪いと言えって？　あの男のように？」

意地悪な言葉ばかりが、ぽんぽん出る。

シトエン嬢より俺のほうが五つも年上だというのに、イライラして仕方ない。

なぜ、あんな男と俺を比べようとしているのか。

「あの王太子とサリュ王子は違う」

きっぱりとシトエン嬢が言い放つ。

枕をぎゅっと抱きしめ、腰を浮かさんばかりに身を乗り出した。

「アリオス王太子のことを好きになろうとしました。愛そうと思いました。婚約者として尊敬しようとした。だけど、無理。厭《いと》い、嫌悪し、嘲《あざけ》る者をどうして許すことができると思いますか？　わたしは聖人君子《せいじんくんし》じゃない」

ぽろり、と紫色の瞳から水晶の珠《たま》のような涙が流れ落ちるのを見て、我に返った。

言い過ぎた、と。

彼女の努力も、苦労も、つらさも知っていたはずなのに。

「シトエン……」

名前を呼ぶが、続きが出てこない。

すまなかった、ごめん、違うんだ。

そんな言葉より先に、シトエン嬢が口を開いた。

「自分がなんとも思わない人に嫌われても傷つかない。あんな人に拒否されても、痛くもかゆくもない。だけど、ア……」

シトエン嬢はなにか言いかけ、語尾を飲み込んだ。

ぽろぽろと透明な珠のような涙を流しながら、振り絞るように言った。

「王子には……嫌われたくない。サリュ王子のことを、わたしはとても好ましく思うのです。わたしを大事にしてくれるあなたのことを、わたしは大好きなの。わたしのことを好きになってほしいとさえ願ってしまう」

シトエン嬢の言葉が俺の胸を圧迫した。

同時に、呼気と無意味な「え？」という問い返しが漏れだす。

「だけど、生理的嫌悪感を覚えるのなら、わたしはあなたをあきらめなくてはならない。だって、どうあがいても、わたしのことを好きになどなってくれないのだから」

嗚咽《おえつ》を喉の奥で堪えるシトエン嬢は、儚くて霞みそうで。どうかしたら、そのまま俺の前から消えてしまいそうで。

「嫌いになんてならない」

姿をつなぎとめるためだけに、彼女を捕らえようと手を伸ばす。

「だからこそ竜紋を見てほしいのです。今、ここで」

俺の手を逃れるように身をよじり、彼女は首を横に振った。涙が散る。

「竜紋を見て気持ち悪いと思うのなら、わたしはこの気持ちを消しましょう。今ならまだ思いきれる。ただの人形として暮らせる。そして、あなたの国とわたしの国のために婚姻を継続します」

涙のかけらがまつげから落ちた。凛々しい表情のまま、俺を見る。

俺を試そうとする。

「だから竜紋を……」

「見せて、俺に」

シトエン嬢の言葉を途中で断ち切る。

じ、と紫色の瞳が俺に向けられ、それから無言でひとつ頷く。

シトエン嬢は枕を落とすと、ベッドに膝立ちになった。

ナイトウェアの襟もとを結ぶ紐を緩め、ほどく。

布で包まれたボタンを三つほどはずし、彼女はゆっくりと胸元をはだけた。

正直、必死に平静を取り繕ったが、緊張して心臓が拍動しっぱなしだった。

アリオス王太子が嫌い、一部からは〝とかげ人間〟と別称される竜紋。

どれほど施されているのか。本当にぎょっとするようなものなのか。

そもそもシトエン嬢の竜紋は胸にあるんだよな。胸の真ん中って言ってたもんな。

胸……。

胸に……。

胸……な。

いろいろ考えて額に滲みそうになる汗を堪えていたのだが。

「……え。これ?」

あっけにとられて、ついティドロス語になってしまった。

シトエン嬢が言う通り、胸の真ん中に竜紋はあった。

真ん中というより、少し右寄り。

胸のふくらみの際、というか。

そこに桜の花びらのような形のものが二つ、双子星のように並んでいる。小指の爪ほどの大きさだ。

色は青。アクアマリンのような色で彩色されていた。

「これが、竜紋?」

呆然とシトエン嬢に尋ねてしまう。

彼女は今にも泣き出しそうな表情でこっくりと頷く。

だけど俺の心の動きを見逃さないように、目線は決して離さない。

「この竜紋をアリオス王太子は見たのか?」

「いいえ。申し出はしましたが、拒否されました」

声の硬さに、そのときの彼女の悲しみが想像できて、しまったと焦る。

余計なことを言うんじゃなかったと思うと同時に、バカなんじゃないか、あの男。と心の中でののしった。

竜紋を勝手に想像して、見もせず勝手に怯えて。

それで、こんな可愛い娘を傷つけて。

「……え、っと……」

俺は意味もなく声を発し、それからまじまじと竜紋を見た。

想像とだいぶ違う。

言うならば、竜のうろこがこう……おびただしく、びっしりと胸の真ん中に施されていると思っていたのだ。

多分だが、アリオス王太子も同じことを想像して嫌悪したのだろう。

そのために彼女は衆人《しゅうじん》の前で恥をかかされ、傷つけられ、二年もの間、他国でつらい日々

を送ったのだ。

そっと指を伸ばし、竜紋に触れた。

当然だが、温かい。

なめらかな肌には、ざらついたところも気味の悪いところもない。

指に力を入れて押してみると、ふわ、と柔らかい。親指でぐい、と撫でつけたが、歪みもしなかった。

ぴんと張った肌に、それは貼り付くというより自然にそこにあった。

なんだか不思議な気持ちで、手のひら全体で竜紋を包んだ瞬間――。

「あ、あの……っ」

すっとんきょうな声が間近であがって、俺はまばたきをする。

「あ、あの…………っ」

目の前にはゆでだこのように顔を赤くしたシトエン嬢が、震える唇をきゅっと噛んで言葉を潰えさせていた。

「………………え」

一方の俺はというと。

右手で彼女の胸をわし掴みし、ガン見しているわけで。

「す、すすすすすすすすすすすす、すみませんっ！」

飛び退《しさ》った拍子にベッドから転げ落ち、後頭部を強打してうずくまる。

だけど手の感覚がまったく消えてくれない。

柔らかくて、すべすべしていて、ふわふわしたあの手触り。

途端に、いろいろ大変になってきた。

「大丈夫ですか⁉」

声と一緒に、わさわさわさっとベッドを這ってくる音がするから、慌てた。

「こないで、こないで！　ちょっと今、大変！」

「どこかお怪我を⁉」

いや、ちょっと下半身が‼とは言えず、ひたすら大丈夫を繰り返し、とにかく丸くなって、しこたま打った後頭部を撫でた。

「いや、ほんと、失礼しました……」

ベッドの下に身を隠すようにして詫びる。

見てと言われただけなのに、なんで触ったんだ、俺。

「わたしこそ、急に大声を出したりして……」

恥じ入るように声が小さくなるから、恐縮するしかない。

「あの……それで」

「ん？」

どこか緊張にみなぎった声がベッドの上から聞こえてくる。いろいろと落ち着いたので、もぞりと顔だけ起こした。

ベッドには襟元を整えたシトエン嬢が、両膝を折った変な座り方をしている。

「竜紋……。気持ち悪くなかったですか」

真剣に問われ、ボンとまた一気に顔が熱くなった。

必死になって右手の感覚を振り払い、あわあわと唇を震わせて俺は答える。

「まったく問題ないというか……。気持ち悪いの反対って、なんていうんだか」

意味のわからないタニア語を話し、やっぱりまだベッドの上にはあがれそうにない。

「……今、近寄ってこられたら確実に襲う自信がある」

顔も身体も真っ赤にして言うと、その熱が今度はシトエン嬢にうつったらしい。

シトエン嬢は足の指まで湯気があがりそうなほど真っ赤になって、枕を抱えて俺と対極に移動してしまった。

「………その。俺のこと嫌いになった？」

しょぼくれて尋ねると、ぶんぶんと首を横に振られた。

ふよふよと銀色の髪が揺れる。場違いなほどきれいで、見惚れるほどだ。

「えっと……あの。わたし……。王子のことを、もっと好きになってもいいですか？」

真っ赤になってそんなことを尋ねてくるから、俺はぶんぶんと首を縦に振る。

本当なら抱きしめて彼女にキスをしたいのだが、こんなみっともない下半身は見せられないし、キスどころで済みそうにないので、ここはじっとベッド下で耐えることにする。

「よかった」

芙蓉《ふよう》の花がほころぶように笑う。

くそおおおおおおおおおお。

すごく可愛いのに、相思相愛なのに、なんで手を出しちゃいかんのだああああああ。

なに!? なんなの!! 俺、誰になにを試されているんだ!!

床に這いつくばり、ゴロゴロ横転しまくりたい気分をここでも耐える。ベッドの上からは、「王子? 大丈夫ですか?」と何度も問われた。

「大丈夫。もう少ししたら、ベッドの端っこで寝るから。シトエンは先におやすみ」

顔が見られない。

俺は床にうつ伏せになったまま、ひたすら昔学校で覚えさせられた詩を暗唱した。

今こそ無になれ、俺。

わさわさわさ、とやっぱり衣が擦れる音がする。シトエン嬢がベッドを移動しているのか、潜り込んで寝る準備をしているのか。

そんなことを考えていたら、不意に頭のうしろをなにかが触れた。

「え?」

驚いて顔を上げると、紫色の瞳と目が合った。

シトエン嬢がうつ伏せになって手を伸ばして、なでなでと俺の後頭部に触れていた。

「痛いの、痛いの、とんでいけ」

にっこり微笑んでそんなことを言う。

この娘は神か悪魔か。

俺は「ありがとうございます」と言って、やっぱりしばらくうつ伏せでこの場を耐えることにした。

◇◇◇◇

移動を続けて三日目。

街道沿いにあるカフェに入ったところで、俺は大あくびをした。

「まあねぇ、なんといいますかねぇ」

ラウルが背後でため息を吐く。

振り返ると、痛ましそうに俺を見るラウルと数人の騎士。

「気の毒としか言いようがないですね」

「おいたわしい、団長」

ありがとうよ、とまたひとつあくびをかみ殺す。

そんな俺にラウルがコーヒーの入ったマグカップを渡してくれた。

ずずず、と王子らしからぬマナーでそれをすする。

ヴァンデルに会いに行く。それだけのことが、こんな苦行になるとは思わなかった。

初日だ。

初日が悪かった。

竜紋を見たというか、触ったというか。

正直に言えば、シトエン嬢の右胸をわし掴んだ日から、妄想に囚われているというか、シトエン嬢の胸が気になるというか、もっと触りたかったというか。

彼女の胸を見過ぎて透視できるんじゃないかというぐらいの状態になってるというのに。

毎晩一緒のベッドで並んで寝ている。

もちろん手は出せない。

すやすやとシトエン嬢は心穏やかに眠り、ついでに昨日は人肌が恋しかったのか俺の手を握ったまま寝た。

その隣で少しも眠ることができずに横たわる、俺。

寝不足ここに極まれり。

宿泊した屋敷の領主なんかは、ニヤニヤして『お若いですなあ』とか言いやがるから、叩き斬ってやろうかとぼんやりした頭で考える。

いや、俺、やれるんじゃね？　王子特権で許されるんじゃね？と考えるが、騎士団の騎士たちとラウルがいるからそれもできず。彼らを路頭に迷わせるわけにはいかない。

それに、ラウルは今から嫁をとるんだ……。まだいないけど、これから探すらしい。

現在はヴァンデルの領地に着くのが先か、俺が寝不足で死ぬのが先か、という状態になっている。

「カフェでシトエン嬢がお休みになっておられる間、眠りますか？　二階を押さえれば可能ですよ」

ラウルが声をかけてくれるが、その間、騎士団のみんなは馬具を整えたり、馬に飼葉だ水だと世話をしたり、行程をチェックしたりしているのだ。俺だけ寝ているわけにはいかない。

こうやって、コーヒーを飲ませてもらってるだけありがたいってもんだ。

「いや、平気だ。シトエン嬢は？」

首を横に振ると、ラウルは苦笑いをした。

「あちらですよ。侍女のイートンと一緒です」

手のひらを上にしてラウルが示す。

カフェといっても、中庭だ。

警備上のこともあり、屋外テラスを貸し切って今はシトエン嬢とイートンが籐製の椅子に座ってお茶を楽しんでいた。

木陰になっているが、シトエン嬢の銀色の髪が木漏れ日を浴びて、まぶしい。

シトエン嬢の表情はいつもと変わらず、イートンの話に相槌を打って微笑んではいるが、疲れていることは明白だ。

シトエン嬢はこの数年、アリオス王太子に幽閉されていた。

屋敷から出ることはほぼなかっただろうし、人に会うことも制限されていた生活だ。

それなのに、現在は真逆の状態にある。

常にそつのない態度で接し、昼間はずっと馬車移動。毎晩初対面の人に会い、挨拶をして世間話をする。

大変だろうに、まったくその素振りを見せない。

夜、寝室でふたりきりになると、『なつかしい言葉で話せるからほっとします』と、タニア語でたわいもない話をしながら、眠ってしまう。

気を張ることも多いんだろうと思う。

「団長も同席されては？」

立ったままコーヒーを飲んでいる俺に、騎士のひとりが声をかけてくれるが首を横に振って断る。

シトエン嬢には休憩のときぐらいそばにいる人間を制限し、好きな菓子やお茶を楽しんでほしい。俺のことは嫌っていないみたいだが、それでも他人だ。そっとしておいてほしいときもあるだろう。

そんなことを考えていたら、かちゃりと扉が開く音がした。

シルバートレイを持ったウェイターがカフェからシトエン嬢のところに歩み寄ろうとしている。

トレイに乗っているのは、きらびやかなフルーツタルトだ。

「桃やリンゴは？」

ついラウルに尋ねる。

「すでに伝えてあります」

それでも安心できず、目をすがめてタルトを見る。

ブドウ、イチゴ、それからあの黄緑色の果物はなんだろう。メロンかマスカットか、いずれにせよ桃とリンゴではなさそうだ。フルーツは上からなにかコーティングがされているのか、取り分け用のナイフと共に日を浴びてキラキラ輝いていた。

ウェイターは一礼をしてシトエン嬢の前にタルトを差し出す。今から切り分けるのだろう。

イートンが「美味しそうですね」と言っている。

シトエン嬢がにこやかに頷くと、ウェイターが腰に手を延ばした。

――変だ。

シルバートレイの上には取り分け用のナイフがある。

それなのにウェイターは、自分の腰に手をあてがった。

「離れろ！」

とっさに俺は怒鳴り、持っていたマグカップをぶん投げる。

正直、届くとは思っていない。だけど威嚇ぐらいはできるだろう。

投げると同時に走り出し、脳から熱い粒子が放出されるのを感じた。

バクっと心臓が拍動を打ち、末端までその熱がいきわたる。

マグカップは俺を先導するように弧を描き、もうほとんど残っていないコーヒーを吐き出しながら、ウェイターに向かって飛ぶ。

ふたりも異変に気づいたらしい。

椅子から立ち上がろうとするシトエン嬢をウェイターが押さえつけ、椅子ごと倒れ込んだ。

ウェイターがシトエン嬢に馬乗りになるのを見て、理性が簡単にぶち切れた。バチリと網膜が光を爆発させる。

「なにしやがる！」

気づいたら、派手にウェイターの顎を蹴り上げていた。

だが、思ったほどの衝撃がつま先にこない。確実にヒットしたわけじゃなさそうだ。

案の定、ウェイターはシトエン嬢から飛び離れ、片膝をついて体勢を整える。ナイフを逆刃に持ち、こちらを睨んでいた。

「シトエン嬢を！」

俺は騎士団全員に聞こえるよう怒鳴った。

すぐに騎士数人がシトエン嬢に駆け寄るのを視界の端で確認する。

「俺は今、最高に機嫌が悪い」

佩剣《はいけん》の柄を握り込み、引き抜く。

しゅうしゅうと身体中から熱が放出されているのが自分でもわかる。

一気に精神が昂《たかぶ》り、不機嫌なはずなのになぜだか笑いたくなるのをギリギリと奥歯を噛み締めて潰し、舌なめずりした。

ウェイターだけ周囲から浮き上がるように色彩が濃く見える。

雪山の中で獲物を見つけた気分だ。

「団長」

背後で数人の騎士が剣を構える気配があった。

明らかに多勢に無勢だ。

逃げるかと思ったが、ウェイターは低く構えた姿勢のまま間合いに入って、下から伸び上がる。

俺は半歩下がって背を逸らすと、鼻先すれすれで短剣を握ったウェイターの腕がかすめた。

確実に俺の喉元を狙っている。

空《くう》を切る短剣を刀身部分で払い、軌道を変える。同時に肘を伸ばして剣先をウェイターの脳天に打ち込もうとしたら、「左っ」とラウルの声。

目だけ移動させると、いつの間に持っていたのか、やつは左手にも短剣を握っていて俺の腰を狙っていた。数歩下がると、切っ先が服のすぐそばをよぎる。

短剣を使うせいで、間合いが近い上に動きが速い。右と左で合わせ技を繰り出してくるのもうっとうしい。

だけど攻撃にパターンがある。

右、左、ときたところで、俺は身体を左に開いて長剣を捨てた。

殴りつけるように伸ばされたやつの左腕を両手で掴み、身体を反転させて背中にのせ、足を払う。そのまま投げ飛ばして地面に叩きつければ、ぎゃっと悲鳴をあげて仰向けに転がった。

そのまま腕を掴み、可動域と反対にねじってひねりあげる。

「縄をもってこい！　縄！」

騎士のひとりが素早く駆け寄り、地面でのたうとうとしている男の胴を縄で縛る。

「もう手を離して大丈夫です。あとはこちらで」

ラウルが俺からウェイターの腕を容赦なくもぎ取る。俺よりがっつり関節技をきめているから痛そうだ。

手加減してやれよ、と言おうとしたら背後を指差された。

「団長はあっち」

なんだろうと振り返ったら、とすん、と衝撃が飛び込んでくる。

シトエン嬢だと気づくまでに数秒かかった。

彼女は銀色の髪を揺らして俺の腹辺りに顔をうずめ、背中に腕を回してしがみついていた。

「怖かったですよね。大丈夫ですか？」

押し倒されて馬乗りにされた彼女の姿を思い返し、ラウルに「やっぱり関節はずせ」と言いかけたら、シトエン嬢はガバっと顔を上げた。

「王子は⁉　大丈夫ですか⁉」

「え？」

「怪我は⁉　どこか痛いところは⁉」

しがみついていたと思ったのに、今度はぴょこんと離れ、俺の手や脚をパタパタと触れて回る。どうも怪我がないか確認しているらしい。

「いやあ俺、別名ティドロスの冬熊ですからね。これぐらい、なんてことはないですよ」

なんだかこんな風に心配してくれるのが新鮮だ。

腰をかがめて、彼女と同じぐらいの視線になる。

安心させるように笑ってみせると、彼女はようやく顔からこわばりをほどいたようだ。

じっと俺を見つめ、それから両腕を伸ばしてくる。

俺が前かがみになると、首に腕を回し、ぎゅっと抱きしめてくれた。

彼女に俺は、どんな風に見えているんだろう。

旅に出た日の夜、「痛いの痛いのとんでいけ」と言ったことといい、今こうやって抱きしめる腕といい、まるで幼い子どもに伸ばしたそれのようだ。

「団長はしばらくシトエン嬢のそばについてください。やっぱり、カフェの二階を控室に押さえましょうか？」

ラウルが言う。

俺は彼女を抱きしめ返し、曲げていた膝を伸ばせば、ふわりとあっけなく彼女の身体は持ち上がった。腰の辺りでしっかり支え、ぐるりと振り返ると、ピュウと騎士の数人が口笛を吹くが無視無視。

「いや、移動しよう。ちょっと無理をしてでも早めにヴァンデルのところに行くほうがいいだろう」

桃の件といい、今回の刺客といい、どうなっているんだ。

「数名はここに残って、そいつの裏を探れ。あとは準備が出来次第、出発だ。イートン！」

シトエン嬢の侍女の名前を呼ぶが、どうやら腰が抜けてしまっているらしい。なんだってこの侍女は大事なときに腰を抜かすんだ。騎士が数人がかりで立たせようと必死になっている。

「もういい。俺がシトエン嬢を馬車に運ぶ。誰かイートンも運んでやれ」

呆れてそう言うと、シトエン嬢がまた、ぎゅっと俺の首にしがみついた。

「大丈夫ですか？」

小さく尋ねると、震えるように頷く。

「王子が無事で、よかった」

そんなことを言うからくすぐったくなる。

こうやって俺を抱きしめて、どんな敵からも自分が守ると言い出しそうな気配だ。

「俺は無事ですよ。いつでもね」

よいしょ、と抱えなおす。グイと彼女の尻の下を支えて目の高さを同じにすると、驚いたことに彼女は泣くのを堪えていたらしい。紫色の瞳が涙で潤んでいる。

「本当に？　本当に、あなたは大丈夫なの？　死なない？」

ポロポロと涙をこぼし、シトエン嬢が幼子のように泣きじゃくるから驚いた。

「これはこれは、姫……」

「よほど怖かったのでしょう」

「おやおや」

周りの騎士たちも動揺している。普段、女がいないからなぁ。

「シトエン嬢」

こつんと額を合わせる。

鼻先が触れ合う距離で、にっと笑ってみせた。

「俺は死にませんよ。そして、あなたも死なない」

ぱちぱちと濡れた紫水晶のような瞳がまばたきをする。

「この国で一番安全な場所は俺の腕の中だ。あなたは今、そこにいるんです。なにも怖がることはありません」

そう言うと、周囲の騎士たちも口々に笑った。

「それはそうだ。そこが一番安全ってもんです」

「ご安心なさい、姫。誰もあなたを傷つけない」

そう誰も。

もう、彼女を傷つけることなんてできない。

俺はずっと彼女のそばにいるんだから。

◇◇◇◇

それから三日後のこと。

シトエン嬢と並んでソファに座っていると、ドアノックに続き、ヴァンデルが四十代ぐらいの男を伴って入室してきた。

俺が立ち上がり、続いてシトエン嬢も並ぶ。

「おい、本当に顔色がいいな」

言いたいことはいろいろあった。道中大変だったとか、とにかく用件はなんだ、俺たちはすぐ帰りたいとか。また賊が襲ってきてはかなわんとか。

だけど、ヴァンデルの姿を見て口をついて出たのはそれだった。

並んでいる男がまた、よく日に焼けて浅黒いからだろうか。ヴァンデルの血色のよい肌が際立っている。

それだけではなく、髪の色艶もいい。体格自体は変わっていないのに、全体的に雰囲気が明るくなった。

以前は吸血伯爵の名にふさわしい退廃的な雰囲気をまとっていたのに、今ではこざっぱりとした好青年だ。もう少ししたら〝健康伯爵〟になるだろう。

「そうなんだ。身体が軽い」

ヴァンデルはシトエン嬢の前まで進む。

片膝をつき、恭しく彼女の手の甲にキスを落とすと、ゆるりと笑った。

「すべてあなたのおかげですよ。なんだか新しい身体を手に入れたようだ」

「ヴァンデル様の努力のたまものです。ひょっとして、好き嫌いをなくされたのでは？」

シトエン嬢がにこりと笑う。ヴァンデルは立ち上がり、肩を竦めた。まるでいたずらがばれたような顔をしている。

「腕のよいコックを雇ったのです。それで、調理に工夫を」

「子どもか」

俺が呆れると、じろりと睨まれた。

「お前みたいなバカ舌じゃない。素材の味に敏感なんだ」

はいはい、とおざなりに返事をすると、ヴァンデルはひとつ鼻を鳴らす。

俺はひと睨みし、腕を組んだ。

「申し訳ないが、さっさと用件を言ってくれ。なんだか様子が変だ。早く王都に戻りたい」

率直に言うと、シトエン嬢に「王子」とたしなめられた。

けれど、いくら彼女の頼みといえどこれは譲れない。

桃のソフトカクテルぐらいなら、まだ間違いで済んだかもしれない。執事が姿を消したのも、単純にイートンが見間違っていたのかもしれないと思えた。

だが、カフェで襲い掛かってきたのは偶然で済まされない。

あのウェイターは結局自死し、なにも語らなかったという。

宿泊先の領主の夜会や食事会はすべてキャンセルしたかったが、シトエン嬢がかたくなにそれを拒否した。

関係性が悪くなるし、大事にしたくないという。

確かに、「宿は貸せ、その代わり誰にも会わない」というのは高慢であり、外聞が悪すぎる。

そこで、以降の食事会や夜会の入場者を騎士団が確実にチェックし、一切の武器携帯を認めなかった。

不審がる貴族連中には、俺が「可愛い妻になにかあっては大変」と言うと、みんな苦笑しながらも許してくれた。

愛しい妻を思う夫の暴走。

そんな噂のほうが、まだ可愛げがあるというものだ。

警護もかねてだが、とにかく俺がシトエン嬢から離れない姿を見て、貴族たちは目を細め口々に言う。

陛下も妃殿下を大層大切になさっておりますからな、と。

俺は父親似だから余計にそうなのだろう、と勝手に納得してくれた。

なんとかそうやってやり過ごし、ようやくヴァンデルの伯爵領にやってきたのだ。

「事情はラウルから聞いた。なんだか変な雲行きだな」

ヴァンデルが眉根を寄せる。

ラウルから直接聞いたということは、まだシトエン嬢が襲われたということは噂にも上っていないということだろう。ほっとした。

「申し訳ない。本来であれば屋敷でゆっくりしてもらってから本題に入ろうと思ったが……。なにかあってはぼくの手に負えない。こちらも前置き無しにしよう」

そう言って、ヴァンデルは隣で無言待機している男を紹介した。

「マーダー卿だ」

「初めまして、殿下。妃殿下」

正確にはまだシトエン嬢は妃殿下ではないのだが、マーダー卿は最大限の敬意を払ってシトエン嬢にも礼をしてくれた。

「座ろうか」

ヴァンデルに促され、俺とシトエン嬢。ヴァンデルとマーダー卿に分かれて座る。

見計らったように執事がお茶をサーブして立ち去るのを確認し、ヴァンデルは口を開いた。

「うちは、ご存じのように隣国ミラ皇国との境に領を持つ。だからまあ、王都ではあまり見かけない身分の者がいるわけだ」

背もたれに上半身を預け、ヴァンデルは言う。

シトエン嬢が不思議そうに首を傾げたが、俺はやつが言わんとすることになんとなく気づいた。

「ああ、亡命者か」

なんらかの理由があり、他国からティドロス王国に移住してくる者がいる。まあ、正規の手続きを踏んでくれれば問題はないのだが。

「わたしもミラ皇国からの亡命者です。ヴァンデル様のお口添えと、陛下のお許しを得て、そのまま男爵を名乗らせていただいております」

どおりで顔立ちがどことなく異国風だと思った。おまけに、全体的に筋肉質な男だ。名ばかり貴族じゃないのだろう。

異国の騎士か、となんだか珍獣を見た気分だが、あっちはあっちで俺のことをちらちら見てくる。『ティドロスの冬熊か』といった感じだろう。だから、おあいこだ。

「マーダー卿には亡命者の居住区管理を任せているんだが」

ティーカップを持ち上げ、お茶を口に含んだら、ヴァンデルが声を潜める。

「最近そこで謎の病が発生してな」

同じようにカップを持ち上げたシトエン嬢が動きを止めた。

「病って……。なんの」

俺が尋ね返すと、ヴァンデルが呆れたようにため息をついた。

「理由がわかれば、謎のなんて言うか」

「患者は？」

カップをソーサーに戻すが、俺の隣ではシトエン嬢が微動だにしない。両手でカップを包み込むようにして持ち、湯気をくゆらせている。

大丈夫かな、と少し心配になった。

襲われた一件以来、彼女は少し情緒不安定だ。とにかく俺から離れたがらない。

当初は怖くて一緒にいてほしいのかと思っていたが、違う。逆だと気づいた。

なぜだか彼女は、俺を危険から守るつもりで離れない。不思議なことに、彼女は俺が危ないと思っている。

王都を出立してから彼女は侍女と共に馬車に乗り、俺は騎士団と騎乗で移動していたのだが、最近はそれも不安げに窓から見ているので、仕方なく馬をラウルに預け、ここまでは一緒に馬車移動をしてきた。

馬車の中でも彼女は俺にぴたりと寄り添い、それでようやく安心した顔になる。

「患者は今どこにいるんですか？」

シトエン嬢が静かに尋ねる。

「隔離した建屋の中に」

マーダー卿が答える。

「病院じゃないのか」

驚く俺に対し、シトエン嬢の眉根が寄り、目に険しさが増す。

「ひょっとして感染症ですか？」

彼女の言葉にぎょっとした。

「そうなのか⁉」

ヴァンデルに顔を向けると、きっぱりと首を横に振られた。

「わからない。ただ、似たような症状の患者が多いため、一般人がいる病院には近づけられない。もし、感染症なら……」

ヴァンデルがそこで口を閉じる。

なるほど。機密事項とは領内で発生した、感染症かもしれない謎の病か。

「ぜひ、シトエン嬢の意見が聞きたいのです」

ヴァンデルは真剣にシトエン嬢をみつめたが、俺は思わず立ち上がる。

「断る！　そんな危険なところに彼女を送れるか！」

貧血や体調不良の相談にのるわけじゃない。なにかわからないものが蔓延している建物の中に乗り込めというのか。

「シトエン嬢になにかあったらどうする気だ！」

「まだ感染症と決まったわけじゃない」

ヴァンデルが立ち上がる。

「実際ぼくも患者に会った。だが、このとおりだ」

「わたくしもです、殿下。患者と数日生活を共にしました」

マーダー卿まで立ち上がる。

「わからないのです。同じような症状を示すものと、まったく健康なものと……。この違いがわからないのです」

「そりゃそうだ！　しばらく様子を見るしかないだろう」

「そういう話では終わらない」

ヴァンデルが凄む。

「なぜだかわからないが、亡命者の居住区にだけこの病が発生するんだ。こんなことが公になってみろ。壮絶な差別がはじまるぞ」

俺は息を呑む。

「亡命者と領民の関係は今のところ良好だ。だが、こんなことが漏れてみろ。いさかいがはじまる」

ヴァンデルが親指の爪を噛んだ。

「シーン伯爵領は他国との境にある。こんなことで領内に内乱が起こってみろ。すぐに知られ、最悪はミラ皇国が攻めて来るぞ。しかも大義名分がある」

「感染症が発生し、消毒のため村ごと焼いた」

マーダー卿が淡々と言うから、俺はぞっとする。

「ティドロス王国がモタモタやっているから、代わりにやってやったのだとか言い出すに違いない」

ヴァンデルが吐き捨てるから、口を挟んだ。

「いや……、いくらなんでもそれは……。だって同国民じゃないか」

ティドロス王国に来たとはいえ、元は同じ国の民だ。

「同国民ではありません。我々亡命者は祖国を捨てたのです。彼らにとっては裏切り者だ」

マーダー卿の言葉には重みがある。それが現実であり、真実だからかもしれない。

「お前だってわかるだろう。ぼくたちの最大の任務はなんだ」

ヴァンデルに言われずともそんなことはわかっている。

国境を守ること。

安全に国を保つこと。

「そのために、秘密裏に対処せねばならん」

誰にも知られてはならないのだ、とヴァンデルは俺を睨む。

「お前の婚約を祝うふりをして王都に赴き、高名な医師を呼び寄せようと思ったが……。『なんのために医師派遣を願い出たのか』と、そのことが知れたら、いらぬ詮索を生む。

それで悩んでいたのだが……」

ちらりとヴァンデルがシトエン嬢を見た。

「運がいいことに、彼女は医師じゃない」

俺はようやく納得する。

彼女には医療の知識がある。だが、医師じゃない。

新婚夫婦が婚約祝いのお礼を兼ねて親友を訪ねに領にやってきた。表向きはそれで通るだろう。

内密にことをおさめるのに好都合というわけか。

「実際にどのような症状なのですか？」

シトエン嬢の鈴のような声は、だがすぐに、くすりと笑いに変わった。

「あと……まずは皆さま、着席なさっては？」

促され、俺たちは顔を見合わせる。

男三人立ち上がり、顔を突き合わせて唸っていたのだから恥ずかしい。

互いに咳ばらいをし、ソファに座りなおす。

「患者のほとんどは、下痢をしたことがきっかけになり重症化しました」

マーダー卿が説明を始めた。

「その後、胃の痛みを訴え倦怠感が続きます。そして、だんだん肌が青黒くなり、最後は死にます」

「待て待て待て！」

マーダー卿の声を遮って声を張る。

「淡々と言っているが、めちゃくちゃ怖いぞ！　なんだそれは⁉」

「だから困っている」

ヴァンデルが牙を剥く。

「こんなもん……。どうやって今は対処しているんだ」

マーダー卿を見ると、彼は顔をしかめる。

「さっきも申し上げましたが、空いている建物に患者を運び込んでいるだけです。どうしようもない」

まあ、そうだろうなぁ。

「箝口令を敷いているが、周辺の村から噂が出始めた。また悪いことに、病の発生にはミラ皇国の行商人が関わっている。それがあちらに漏れ伝わってもかなわん」

なんじゃそりゃ。

まばたきをすると、ヴァンデルが深くため息を吐いた。

「腹を下した患者たちが行商人から干物の魚を買って食ったらしい。そこから腹具合の悪いものが増え始めた」

「じゃあ、その干物の食中毒じゃないのか？」

ヴァンデルは苦虫をかみつぶした顔で首を横に振る。

「同じように腹を下《くだ》したのに、症状が出ない者もいる。それに、家族全滅のところもあれば、男だけやられたところもある」

「なんなんだそれは」

まったくわけがわからない。むやみやたらに死神が鎌をふるっているようにみえる。

「患者の割合としては男性が多いのですか?」

シトエン嬢が小首を傾げた。

「そう、ですね。比較的男性のほうが」

マーダー卿が慎重に答える。

「男性は魚の干物をよく召し上がる? 女性は食べないのですか」

シトエン嬢が自分の顎をつまんでなにやら考えながらマーダー卿に問う。

「男性が、というより、亡命者がよく食べるのです」

ヴァンデルが答え、俺をちらりと見る。俺も頷いた。

「ミラ皇国は海魚を干物にして食べるのですが、うちでは魚はムニエルとかソテーが主流です」

「そうですね」

シトエン嬢が目をぱちくりさせた。ああ、こんな姿も可愛い。

「では、ここでいう〝男性〟というのは、亡命者のことなのですか?」

改めて尋ねられると、男三人で、うーんと唸った。

「まあ、妻帯して亡命する家族もありますが……。亡命者といえば男ひとりが多いですね」

ヴァンデルがマーダー卿を見やる。マーダー卿は頷いた。

「そうです。それで、村の娘と結婚して所帯を持つ者が多いでしょうか」

かくいう彼も同じなのかもしれない。左薬指に指輪がある。

「じゃあ、結婚しても男性だけが祖国の食べ物を食べ続けている可能性があるんですか」

シトエン嬢にさらに突っ込まれ、マーダー卿はおずおずと首を縦に振った。

「そう……ですね。特にカリスなどは、パンより食べるでしょう」

「「カリス」」

俺とシトエン嬢の言葉が重なる。

「穀物だ。水で炊いて食う。ミラ皇国の主食だ」

ヴァンデルが説明をし、肩を竦めた。

「塩とカリスがあれば生きていけるぞ、あの国のやつらは」

「その言い方」

慌ててたしなめる。一応マーダー卿もミラ皇国の方ではないのか。

「そうですね。カリスは誇りでもありますから」

だが、マーダー卿は逆に胸を張るもんだから、食べ物ってすげえな。

「この領でカリスは普通に買えるのですか」

シトエン嬢の言葉に、マーダー卿もヴァンデルもそろって首を縦に振った。

「なんなら領内でカリスを作っている者も多数いますから」

ヴァンデルの説明を途中からシトエン嬢は聞いていないように見えた。何度も「なるほど」を繰り返す。

そんなシトエン嬢を見て、ヴァンデルが頭を下げる。

「どうか、ぼくの貧血を改善させたように、お知恵を拝借できないだろうか」

「もちろんです。わたしでお役に立てるのであれば」

あっさりとシトエン嬢が応じるから焦った。

「怖くはないですか？　断ってもいいのですよ」

もしも感染してしまったら……。下痢するわ、動けなくなるわ、身体が青黒くなって死んでしまう可能性もあるのだ。

シトエン嬢が死んでしまう。

そんなことを考えただけで、体感温度が下がった。

彼女は本当に怖くないのだろうか。

俺は怖い。

彼女を失うことが怖い。

シトエン嬢を危険にさらすなんて嫌だ。

それなのに。

「もし、わたしの知識で救える人がいるのなら、わたしはわたしの知識を提供すべきでしょう」

シトエン嬢は俺に対して頷いてみせた。

力強い言葉や態度を見せられては、彼女の意思を尊重するしかない。

「度数の強い蒸留酒と、スカーフをいくつかご用意いただけますか？　それがそろい次第、患者のところに行きましょう」

ヴァンデルとマーダー卿は顔を見合わせて笑い合うと、競うようにシトエン嬢に手を突き出した。握手を求めているらしい。

シトエン嬢は少し迷ったあと、右手でヴァンデルと、左手でマーダー卿と握手をした。

◇◇◇◇

それから二時間後。

ヴァンデルとマーダー卿に連れられ、患者が隔離されているという建物の中に入った。

入室する前にスカーフでそれぞれ口元を覆い、シトエン嬢から『できるだけなにも触らないように』と言われている。なんでも、感染症というのは粘膜から感染するらしく、目をこすった拍子に病気になったりするらしい。なので、建屋から出たら手を蒸留酒で洗ったほうがいいのだそうだ。

「では、あなたのご主人も魚の干物を食べたのですね？」

一室には、シトエン嬢、俺、ヴァンデルと、マーダー卿。それから、ナタリーという娘がいる。

彼女の夫は亡命者で、昨年結婚したらしい。

他の患者たちと同じような症状を出して寝込んだので、ここに隔離されているという。

彼女は世話のために毎日通っているのだそうだ。

「あなたのご主人は今も胃が痛いと言っていますか？　なにも食べられない？」

シトエン嬢とナタリーは椅子に座って向かい合っている。シトエン嬢の質問に答えるかたちなんだが……。途中からナタリーは泣きっぱなしで、かなり時間がとられている。

俺なんてうんざりしているが、シトエン嬢は辛抱強く話を聞いているから立派だ。

「私が作るスープだけ飲んでいます……」

「他の具合が悪い人もスープだけ飲んでいるのでしょうか？」

ナタリーは頬を濡らしたまま顔を上げ、それから「わからない」と首を横に振った。

「集落の人は胃腸を壊すとカリスのお粥を作るらしいんですけど……。私は作り方を知らないから……」

手の甲で涙をぬぐい、鼻をすすった。

「カリスの粥は伝統的な病人食なんです」

マーダー卿が耳打ちしてくれる。ナタリーはまだ嫁いで日が浅いから、そういった代々伝わる的なものを知らないのだろう、と。

「だから、実家の母から教わった豚肉と玉ねぎのスープを……。薄く切ったにんにくをいれて作ったものを、夫に飲ませています」

「わかりました。では、ご主人に会ってみましょう」

シトエン嬢は言うなり立ち上がる。くるりと振り返り、俺たちを見ると、再度念押しをした。

「いいですか。なにかを触った手で目をこすらないでください。息苦しいかもしれませんが、スカーフも外さないで」

彼女も口元をスカーフで覆っているから、目元しか見えない。だけど、真剣さは十分に伝わる。

その緊迫感に気を引き締めたのだけど、ふと、シトエン嬢は瞳を緩めた。

「ただ……これは感染症じゃないかもしれませんね」

そう呟き、ナタリーを促した。

「あなたのご主人のところへ案内してください」

ナタリーは前掛けの裾で涙を拭い、立ち上がる。

そうして、いったん俺たちは部屋を出て、廊下を歩いた。いくつも似たような扉が続くが、ナタリーはとある一室で足を止め、ノックをする。

「リーゴ。入るわよ」

扉を開けて中に入ると、ベッドの背もたれに上半身を預けた、顔色の悪い青年がいた。

「……え？」

俺たちの顔ぶれを見て、青年は瞠目する。だが、それも微妙だ。パンパンにむくんだまぶたがわずかに上がった程度なのだから。

「ヴァンデル様とマーダー様が、この方々を連れてきてくださったの」

ナタリーがベッドに駆け寄り声をかける。それでも青年は状況が把握できないのだろう。ぽかんと口を開いて俺たちを眺めていた。

「初めまして。体調が悪いときに申し訳ございません。少しお話をお伺いしてもよろしいでしょうか？」

シトエン嬢は緩く笑みを湛えたまま、青年に声をかけた。青年は、震えるように首を縦に振る。

「わたしはシトエンと申します。あなたは？」

シトエン嬢が首を傾げた。

「リーゴです」

慌てたように青年が名乗る。

「この方は医術に通じてらっしゃるそうなの。リーゴ……。あなた、助かるかも……」

ナタリーは泣きながらリーゴに抱きつく。リーゴはそんな妻の背を撫でながら、それでも不安げにシトエン嬢を見上げた。

「ちょっと、脈を取らせてくださいね」

シトエン嬢が声をかけると、ナタリーが離れた。すぐにシトエン嬢がリーゴの右手首に触れる。そして眉を顰めた。

「頻脈《ひんみゃく》ですね。……ちょっと、足をみせてくれますか？」

リーゴはおずおずと頷き、ナタリーが掛け布団を剥いだ。そのまま、夫の寝着の裾をまくり上げる。

「痛そうだな……」

思わず顔をしかめてしまった。それぐらい足のむくみがひどい。ちらりとヴァンデルとマーダー卿を見るが、俺と同じ表情をしていた。

「よく足がつりますか？」

シトエン嬢の問いかけに、リーゴとナタリーは顔を見合わせた。

「たびたび真夜中に足がつった、と言って目を覚ましています」

答えたのはナタリーだった。

「足首の下にクッションを置いて、少し高さをもたせて横になるとむくみも楽になるんですけど……。横になりますか？」

シトエン嬢の提案に、リーゴはためらいがちに首を横に振った。

「寝転ぶと呼吸が苦しくなるんです……。こうやって身体を起こしているほうが楽で」

それで起きてたのか。重病だったら寝てるイメージがあったから、なんか意外だったんだ。

「起坐《きざ》呼吸……」

シトエン嬢が聞きなれない言葉を呟く。

「下痢、胃痛、特徴的な脈、むくみ、起坐呼吸、チアノーゼ。……これって、ひょっとして……。あれかもしれません」

シトエン嬢は俺たちを振り返って言うが、男三人は阿呆のように顔を見合わせた。

あれって、なんだろう。

「すみません。カリスってここにありますか?」

シトエン嬢はナタリーに顔を向けた。おずおずと彼女が頷くと、「見せてください」と伝える。ナタリーは駆け出し、病室を出た。

「あなたはずっとカリスを食べていましたか?」

いまだに状況が掴めていないような顔をしているリーゴに、シトエン嬢は尋ねた。

「そう、ですね……。亡命してからも、ずっと。皆さんがパンを召し上がるような感じです」

リーゴは口ごもりながら答える。

「お金がないときはカリスだけのときもあります。ナタリーと結婚するまでは、肉なんてほとんど食べませんでした」

なるほど。マーダー卿が話していた通りだ。

「あの、お嬢様」

意を決したようにリーゴがシトエン嬢を見上げる。

「その……、自分は死ぬんでしょうか。他の人間みたいに」

ごくりと唾を飲み込み、リーゴはナタリーが出て行った扉を気にしながら早口でまくし立てた。

「ここに入れられた人は、どんどん具合が悪くなっていますし……。亡くなっていることもある。自分がここに入れられたってことは、そういうことなんでしょう?」

額に脂汗を滲ませ、リーゴは掛け布団をきつく握りしめる。

「ナタリーを残してなんて……。そんな……。自分はまだ……」

死にたくない、とリーゴは震えた。

「そうだよな。死ねないよな」

気づけば俺はベッド脇に膝をつき、リーゴの顔を下から覗き込んでいた。

「あんな良い嫁さんいるんだもんなぁ。死んだとしても、ゆっくり永眠なんてできないよな」

俺だってそうだ。

もし、不測の事態が起こって心臓が止まったら。魂はあの世になんかいってられない。

なによりシトエン嬢のことが心配だ。

婚約破棄されて、せっかくこの国に来て安堵したのに、今度は夫が死亡。

そうなったら再婚話なんて出ないだろうし、なによりシトエン嬢が『自分のせいだ』と落ち込むだろう。

そうじゃない。

君のせいじゃない。

伝えたくても、慰めてやりたくても、肉体がなければなにも言えない。

「だったら、意地でも生きてやろうぜ」

リーゴの手をぽんぽんと叩いてやる。握り込みすぎて血管が浮き出た甲が、ほんの少しだけ緩んだ。

「死ぬなんて考えるな。生きることだけ考えよう」

俺がそう言うと、急にぼろぼろと涙を流し始めるから、びっくりした。

「おいおい。もうすぐ嫁さん帰って来るぞ。泣き止め！」

苦笑して立ち上がり、軽くハグをする。

「す、すみません」

腕の中でぐずぐずとリーゴが謝る声がしたが、ヴァンデルの咳払いが聞こえて目線だけ向けた。

「離れろ。触るなと言われたろう」

小さく命じられ、あ、しまったとシトエン嬢を見た。

目が合う。

叱られるかと思ったが、わずかに目元を緩められる。

ま、まあ。シトエン嬢も脈を測るのに触ってたしな、と、いそいそと彼から離れる。

実際、シトエン嬢はなにも言わない。口元を隠しているから大丈夫だったのかもしれない。これが、なにもなしでハグとかしてたら、怒られていたのかも。

「あの、これです」

室内の微妙な空気を打ち破るように、ナタリーが戻って来た。

両手に掴んでいた麻袋を、シトエン嬢の前で開いて見せる。リーゴはその間に、急いで涙をシーツの端っこで拭った。

シトエン嬢は断りを入れ、麻袋の中に手を突っ込み、中に詰め込まれた穀物を、ひと掬いした。

「やっぱり……」

彼女の手の中にある白い粒。

この国ではあまりなじみのない穀物。カリス。

「白米……」

シトエン嬢の口の端から言葉が漏れる。

「ん？　なんですか？」

聞きなれない単語だ。その穀物はカリスじゃないのか。ハクマイ？

シトエン嬢は明確に答えず、顔を上げた。

「この病気は脚気《かっけ》だと思います」

「カッケ？」

ヴァンデルの柳眉が寄る。

カッケ、とは。俺を含めて全員がそんな顔をしていた。

シトエン嬢は背を伸ばし、俺たちを見まわす。

「ビタミンB1が不足することで起こる病気で、全身の倦怠感、食欲不振、足のしびれやむくみ、感覚麻痺を引き起こすのですが……。悪化すると、心不全や脳障害も起こします」

まくし立てるが、いくつもの戸惑う視線に取り巻かれ、「ええっと」とシトエン嬢は唇を噛んだ。

「このカリスという食べ物は、脱穀して精米していませんか?」

そうなのか、とヴァンデルがマーダー卿に目で問う。マーダー卿だけでなく、リーゴも正解と言わんばかりにぶんぶんと首を縦に振った。

「そのときに、身体に必要な栄養素が処理されてしまっているの。この穀物は、ぬか部分にビタミン要素……えーっと。大切な栄養分が含まれてるんです」

「じゃあ、カリスをお腹いっぱい食べても、栄養素的には偏っているということか?」

首を傾げる俺に「その通りです」と人差し指を立てた。

「カリスを食べ続けていて、慢性的にビタミンB1が不足しているところに、干物の魚でお腹を壊し、潜在的な栄養素までごっそり体外に排出されてしまった。体力が落ちて、食事は進まない。だけど、必要な栄養素は入ってこない。そして、脚気の症状は進み、とうとう脚気心を引き起こした。結果的に心不全で亡くなる人が続出し、現在も悪化の一途をたどっている人もいる」

……正直、彼女が何を言っているのか……。俺だけじゃなく、男どもはだいたい困惑顔だ。

そんな俺たちを置いてけぼりにし、シトエン嬢はリーゴに顔を向ける。

「だけど、あなたは奥さんが作ったスープを飲むことでビタミンB1を補給できた」

「スープ……」

ナタリーが呟く。

「豚と、玉ねぎの……？」

シトエン嬢は力強く頷いた。

「豚肉にはビタミンB1が豊富だし、玉ねぎとにんにくを併せることによって、吸収率がかなり上がる。奥さんのスープのおかげでぎりぎりのところで、ご主人の身体は踏ん張れた」

「この人、治りますか……？」

シトエン嬢は微笑んでみせる。

「一緒に頑張っていきましょう」

ナタリーは麻袋を放り出し、リーゴに抱きつき、嗚咽を漏らして泣き始めた。リーゴもそんな妻の背中に手を回し、目に涙を浮かべている。

「感染らないってことなんですね？」

マーダー卿が念押しをする。

そう。大事なのはそこだ。

「はい、感染しません」

シトエン嬢が力強く応じると、ヴァンデルが身体中の力を抜き、ため息を吐いた。

「ありがとうございます。領民に成り代わり、お礼申し上げる」

その声がわずかに震えていた。

いや、そうだよな。領内で感染症が発生したかもしれないと思ったら、それぐらい悩むよな。

「いえ、とんでもない。わたしはわたしのできることをしたまでです。それよりも」

シトエン嬢は、俺たちひとりひとりをしっかりと見つめた。

「わたしは、あなたがたに敬意を表したいです。恐ろしかったでしょうに……。わたしの言葉を信じて、ついてきてくださいました。王子」

「は？　え？」

急に呼びかけられ、俺は驚いたが、それ以上にナタリーとリーゴが「王子⁉」と素っ頓狂な声を上げた。

「共感したとはいえ、未知の症状を示す患者の手を握り、励ますなどなかなかできることではありません」

ほめられているのかと嬉しくなったのに、シトエン嬢は少しだけ睨むように俺を見た。

「ただ、無謀ではありますよ」

すぐにへこんだ。すみません。

そんな俺を見て、シトエン嬢がくすりと笑う。

「わたしは病を多少治すことができますが、人間性を治すことはできません。あなたの優しさや寛容さに、本当に感服いたします」

……やっぱり、ほめられているのかな？とヴァンデルを見る。

ヴァンデルは「けっ」という顔をしていた。

「のろけは外でやってくれ。さあ、さっさと出るぞ」

言い放ったヴァンデルに俺は笑ったのだが。その背後でシトエン嬢が小さな声で言った。

「やっぱり、あなたは本当に変わっていない」と。

なんだろうと振り返るが、シトエン嬢は視線を逸らしてなにも言わなくなってしまった。

◇◇◇◇

俺としてはその後、すぐにでも王都に取って返したかったのだけど、患者の様子や申し送り、食材の調理方法などをヴァンデルとマーダー卿が次から次へとシトエン嬢に尋ねるもんだから、完全に足止めされてしまった。

シトエン嬢もそれに丁寧に対応するんだもんなぁ。

患者の食事について事細かく指示をして、食べた量まで全部記録して把握。なんなら尿の量まで測ると言い出した。

毎日患者のことばかりを考え、自分の食事なんてパンに野菜とチーズを挟んだものを紅茶やコーヒーで流し込むスタイルで。

ここは野戦場か？　ここは伯爵領で、俺は王子でこの女性は妃になるんだぞ？と、つっこみたかった。

だけど、シトエン嬢は文句も言わず患者のために食材を選び、隔離施設を忙しく歩き回り、ひたすら指示を出した。

俺はというと、うしろに付き従い、不埒な男がいてシトエン嬢を触ろうとすれば蹴り、シトエン嬢が移動を必要としたら馬に乗せ……。

まあ、ちょっとしたお付きの者状態だった。

夜は寝るときだけ忙しさから解放され、寝室につくや否や互いにベッドにバタンと倒れ込む。

気づいたらドアノックで起こされ、またもや紅茶やコーヒーでパンを胃に流し込んで隔離施設に移動。

そんな生活を五日ほど過ごし、入所者に改善の兆しが見え始めたところで、ようやく解放されることになった。

回復したリーゴが俺に会いにきて改めて深々と頭を下げ、「王子様とは知らず」と言うから「よせよ」と肩を小突いてやった。

「王国のために一生懸命やります」

「お互い、嫁さんを大事にしようぜ」

そうして俺たちは一路、王都を目指そうとしたんだけど……。

「それじゃあ、ぼくの気がすまん！」とヴァンデルが、ごねるごねる。

なにか礼をさせてくれ、せめてなにか贈らせてくれ。そうじゃないと領内を出さん！とか言い出した。

俺はヴァンデルの喉笛を切り裂いてさっさと領を出ようともくろんだのだけど、シトエン嬢がおずおずと申し出た。

『実は、気になるお店があるんです』

ならば、寄らねばならん‼

シトエン嬢が気になる店！　それは立ち寄ることが必然である‼

ということで。俺とヴァンデル、シトエン嬢の三人はガラス工房にいた。

店自体はそんなに広くない平屋だが、ガラス食器や謎の芸術品っぽいもの、アクセサリーなどが綺麗に並んでいて、商品の値段はかなり張る。

多分、庶民向けの店ではないんだろうな、と店員の服装を見ても思った。

「お前、こんなの俺にくれたか？」

陳列されたグラスを手に取り、ヴァンデルに尋ねる。

ガラスの中に気泡がぽこぽこ入ったやつで、水色がふわーっと流れている。波間に似ているが、気泡が入っている段階で失敗じゃないか？とも思う。まあ、商品なんだから違うのだろう。

「あげたって。ちゃんと婚約祝いの品に入れた。おまえ、本当に見てないんだな。失礼な野郎だぜ」

ふん、とヴァンデルが腕を組んで鼻を鳴らす。

なにが失礼か。

クジラの骨だのなんだかわからない岩だのを贈りやがって。おまけに俺の祝いは口実で、実は医者を探しに来ていたくせに。

まったく、とため息を吐く。

俺は途中でヴァンデルから届いた祝いの品を見るのをやめたが、シトエン嬢は最後まで箱を開き、中身をちゃんと覚えていたらしい。

その中で、ガラス細工の素敵な……なんだったかな。とにかく素敵なものを目にしたと言っていた。

で、そのお店で気に入った商品を買って帰りたいのだそうだ。

『王妃さまと王太子妃さまには、本当に良くしていただいているんです』

てっきり自分用なのかと思ったら、母上と義姉上に贈る品を探しに来たらしい。

彼女は今、ティーセットを熱心に見ている。

これから夏本番だ。あんな透明なカップとソーサーでお茶を飲めば、確かに涼しげでいいかもしれない。

「支払いはうちで持つぞ」

店員からの説明を真剣に聞いているシトエン嬢を見ていたら、ヴァンデルが耳元で囁く。

俺はヴァンデルを突き放す。息が耳にかかるだろうが！

「いや。そこまでしてもらわなくていい。警備は全部面倒を見てもらっているわけだし」

「そんなの当然だろう。ぼくが呼んだんだから。うちの領内だけでもせめてのことだ」

ヴァンデルは顔をしかめるが、それでも結構なもんだ。

俺がシトエン嬢の警備のことでピリピリしているもんだから、あいつの親衛隊だの精鋭部隊だのをずっと護衛で張り付きにしてくれている。

今だってこの店は貸し切りだし、シーン伯爵領を出るまではこの警戒態勢を解くつもりはないらしい。これは俺の手勢がその間休めるし、素直に有難かった。

「では、こちらをお包みします」

店員の声が聞こえた。

シトエン嬢が頷き、イートンに目配せをする。壁際で待機していた彼女が鞄を持って近づくから、俺は慌てた。

「いや、支払いは俺がまとめて……」

「なにをおっしゃいます。それではわたしからの贈り物にはならないではありませんか」

くすくすと笑ってシトエン嬢が言うので、どうしたものかとまごまごしていたら、ヴァンデルが俺を指差した。

「それでは、ご自身のアクセサリーをこの男に買ってもらったらどうですか?」

おお、お前、いいこと言うな!

「いえ……、そんな」

今度はシトエン嬢が慌てるが、俺はがくがくと首を縦に振る。

「ぜひ、プレゼントさせてください!!」

「まあ、ここはこいつを立ててやって」

ヴァンデル、ナイスアシストだ。

どうした、お前。なにがあった。

支払いを終えたらしいイートンもにこにこ笑って、シトエン嬢に「甘えられては?」と言ってくれたおかげで、シトエン嬢はおっかなびっくりの顔で「じゃあ……」と、店員に連れられてアクセサリーのコーナーに移動する。

俺も一緒について歩き、彼女がいろいろと選ぶ様子を眺めた。

今まで女性の買い物に同行することなんかほぼなかったから新鮮だ。

時折店員に話を聞きながら、ああでもない、こうでもないと品を定めている。

俺はそんなシトエン嬢を見ているのが楽しいが、ヴァンデルはだんだんつまらなくなってきたらしい。ちらちらと窓の外を眺めたり、あくびを噛み殺したりしていた。

「サリュ王子」

いきなりシトエン嬢に指名され、なんだろうと近づく。

「こちらの商品、色違いなんだそうです」

彼女が右手に持っているのは黄色のイヤリング、左手に持っているのは青色のイヤリングだ。

飾りの硝子が雫型になっていて、これまた中に気泡が入っている。

黄色は大きめのものがひとつ。青色は小さめのがたくさん。

店員はシトエン嬢の隣でにこにこしている。

「どちらもお若い女性に人気の商品でございます」

「どちらがいいと思います？」

シトエン嬢が小首を傾げる。

「え⁉　俺に尋ねているんですか」

「ええ。どう思われます？」

再度言われて唸った。

唸りに唸った。

腕を組み、イヤリングを何度も見比べ、シトエン嬢のこともじっと見る。

そこからが長かった。

自分でも長かったと思うぐらいだから、他の人はもっと長く感じただろう。俺が一時停止したのかと感じたかもしれない。

背後でヴァンデルがうんざりしているのが相当な重圧だったが、だったらどうして「アクセサリーを買ってもらえ」とか言った。そんなことを言うから、俺はこんなことに……。

はっ！

あいつ、俺を最初からこの地獄に突き落とそうと⁉

「……あの、どういったところで悩まれていますか？」

十五分以上ああでもない、こうでもない、いや、むしろ第三の選択があるんじゃないかとかいろいろ迷い続けていたら、店員が苦笑いをしながら声掛けしてくる。

「今の服装なら、この黄色だと思うんです！」

俺は力説する。ついでに、イヤリングをちょっとシトエン嬢の耳元に近づけてみる。

うん。似合う。可愛い。

「だけど、シトエン嬢はよく青の服を着るでしょう？　だったら絶対青色だし……。それに今から夏だし、さっき選んでいた食器も青っぽかったから、青が好きなのかもしれないなって……」

「お前、シトエン嬢のことをよく見てるな」

ヴァンデルは呆れているが、俺は常にシトエン嬢を見ている。それがどうした。

「仰る通り、今からの季節でしたら青がいいかもしれませんね。ただ、小物もそれに合わ

せて黄色を持ってくれれば、こちらも……」

店員がさらに余計な情報を俺に与えてくれるので、さらに迷うこと十五分。

結局俺は疲労困憊の末、シトエン嬢に告げた。

「青がいいと思いますっ！」

「かしこまりました」

店員は深々と頭を下げる。

「ラウル‼　支払いだ！」

俺は戸口に立つラウルに向けて怒鳴った。

やれやれ。これで一安心、と思っていたら。

「団長。こういう場合は両方買うんですよ」

すれ違いざま、ラウルにぼそりと言われて愕然とする。

「な、なななななな」

やはり、第三の選択肢があったのか……！

「早く言えよ！　そういうことは‼　いくらでも俺に助言する時間があったろう‼」

なにを見てたんだ！　俺の苦悩をあざ笑っていたのか‼

「ラウルの言う通りだ。それにお前、イヤリングだけあってもなんだろ。ネックレスとか指輪は買わなくてよかったのか？」

ヴァンデルまでそんなことを言い出した。

だったら先にそこまで俺に言ってくれよ‼　なんだよ、お前ら！　俺が悩む姿を笑って楽しかったか、おい‼

ああ……そういえば母上が「そこの棚からあそこの棚まで全部いただけるかしら♪」とか言ってたな‼

「ちょっと待て！　シトエン嬢、あの……」

慌てて店員を呼び戻そうとしたら、シトエン嬢が首を横に振る。

「青がいいです。青のイヤリングだけで」

はっきりと言うが、俺はうろたえた。王子という特権をここで使わねばいつ使うんだ。

「いや、あの、他にも気になるものがあれば……」

「違うんです。わたしのことを考えて選んでくれたのが、本当にうれしいんです。王子に選んでほしかったんです。他のものが欲しいわけじゃない」

はにかみながらシトエン嬢は頬を染めた。

「ありがとうございます。うれしいです」

「そ……そうですか」

気づけばくずおれそうになっていて、不覚にもヴァンデルの肩にしがみついた。

「無欲なお嬢さんだなぁ」

ヴァンデルはそう言いながら俺の背中を撫でるからバチリと叩き落としてやる。

こうして俺たちはこの買い物を最後に、シーン伯爵領を出たのだった。

◆三章◆

俺の婚約者が、本当に好きな男

シーン伯爵領を出たその日、空は快晴。隣領との境までヴァンデルが部下を率いて見送ってくれたのはありがたかった。なにしろ、シトエン嬢の警護のことがある。騎士はひとりでも多いほうがいい。

ヴァンデルと別れてからはシトエン嬢の馬車と並走し、街道を進んでいく。

この辺りは道の舗装《ほそう》もしっかりしていて馬への負担も少ない。ただ、繁華街までは単調な田園風景が続くので、馬車の中にいるシトエン嬢はつまらないんじゃないだろうか?と考えていた。

「団長」

そんなとき、うしろにいたはずのラウルが馬を並べて声をかけてくる。

「なんだ?」

尋ねると、顎で馬車を示す。

視線を向けると、イートンが馬車の窓ガラスに両手をついてなにか訴えているからぎょっとした。

「馬車を止めろ」

命じると、ラウルは自分の馬に鞭を打って馬車の前に走り込んだ。

俺は馬の手綱を引きながら、「どうどう」と声をかけてやる。従順な愛馬は、「あ。止まる?」とばかりに徐々に並足に移行した。

「どうした?」

馬から降り、近くの騎士に手綱を預けて馬車に近づき、ドアを開いて顔だけ中につっこんで、ぎょっとした。

シトエン嬢が馬車の座面に上半身を預け、倒れ込んでいる。シーン伯爵領ではずっと動き回っていたから、今になって疲れが出たのだろうか。

「シトエン嬢⁉」

勢い込んで中に入れば、向かいの席に座っていたイートンが俺のために場所をあけながら、泣きそうな声を出した。

「どこか休めるところはございますか？」

「ラウル！　近辺でどこか宿をおさえろ」

「承知しました」

ラウルは馬車の中を一瞥《いちべつ》しただけで状況を察してくれたらしい。カーテンを引き、ぴたりとドアを外から閉めてくれた。

「シトエン嬢、どうしました？　酔いましたか」

顔を近づけて呼びかける。

ずいぶんと顔が白い。おまけに呼吸が浅かった。眉根が寄り、額に汗が浮かんでいる。

俺はシトエン嬢のように医学の知識があるわけじゃないが、これは痛みに耐えているときの表情だ。

「どこか痛いですか？」

「あの……その……」

シトエン嬢は痛みの合間に言葉を紡ぐが、すぐに言いにくそうに唇を噛む。

なんだろうと戸惑う俺の目の前で、シトエン嬢の耳が真っ赤になる。

切り出したのは、イートンだった。

「お嬢様は〝月のもの〟が重くて。馬車の揺れが身体にこたえるんです」

聞いた途端。なんかこう、ピンとこなかった。

「ツキノモノ?」

なんだそりゃ?と問い直せば、見る間にシトエン嬢が真っ赤になり、彼女全体から湯気があがるかと思った。

「女性の……ほら、月に一度ありますでしょう」

イートンが小声で早口に言う。殴りかかりそうな勢いでつっかかられて、ようやく気がついた。

「ああ! あれ!! あっ……。そうですか!」

大声を発してから盛大に後悔した。シトエン嬢がいたたまれない、とばかりに身を縮めたからだ。

「いやあの……これは失礼しました。いや、え? どうすればいいんですか」

俺は立ったり中腰になったりを繰り返し、シトエン嬢を見たりイートンに睨まれたりしながら、ひたすらオロオロする。

お前が一番どうした、という感じだ。

「いつも飲むお薬があるんです。それを飲んでしばらく眠れば大丈夫だと思います」

消え入りそうな声でシトエン嬢が言い、それから座面に顔を伏せた。

しばらくそうやって痛みを堪えているから、俺はじっとしていられない。

「ど、どどどどどど、どうすればいいんですか。もっと早く治らないんですか⁉」

あわあわと右を向いたり左を向いたりしていたら、イートンに背中を殴られた。

「だから‼　お薬を飲んで休憩するための場所を探してください！　揺れない場所を！」

ああ、そうだそうだ。そうだった。俺は慌てて馬車から転び出る。

「ラウル！　ラウル！」

必死に副官の名前を呼ぶと、あいつは地図を広げて騎士たちとなにか話しているところだった。

「……団長、まずいですね。宿場はあるんですが治安が悪そうです。シトエン嬢は乗り物酔いですか？　ちょっと休憩して治りそうなら馬車でそのまま寝てもらって……。今晩の宿泊地まで一気に馬車を走らせますか？」

地図を持ち、ラウルが騎士たちと一緒に俺のそばに近寄ってくるが。

「わからん。すぐ治るのかどうか」

「わからんって……。乗り物酔いではないのですか」

騎士のひとりが首を傾げる。

「いや、その……。女性特有の……ほら、あの……。ツキノモノというやつらしい。揺れるとつらいらしくて」

俺が口にすると、歴戦の猛者たちは皆、ぽかんとした。

「なるほどなるほど」

「ははあ、そうでしょうな。うんうん」

「ふんふん。それは大変でしょう」

何気にわかったふりをしているが、目が泳いでいる。皆、俺と同じぐらいの知識であると知れた。

「誰かわかるやつはおらんのか」

途方に暮れていると、ラウルが妻帯者の騎士をふたり連れて来た。ひとりは「うちの妻は軽いですからなぁ」と言い、もうひとりは顔をしかめた。

「今日一日動くのは無理では？　うちの妻、三日は寝込みますよ」

そういうものか、と俺は一同に命じた。

「王子命令だ！　街道を封鎖しろ。今日はここで天幕を張る。急いで準備しろ！」

生まれて初めて王子特権というものを使用した。あの店で使えなかったんだ。ここで使わねばどこで使う。

「天幕だ！」

「野営の準備を！」

騎士たちがそこかしこで声を上げる。

うん。いきいきしているな。さっきのツキノモノとは？というときとはえらい違いだ。

「ラウル！　今日の宿泊地の領主へ誰かを飛ばせ。姫の体調が悪くて動けない。ついては、護衛を数人分けてくれ、と」

「承知」

ラウルはすぐに手配に向かった。

いやあ、あいつ有能だわ。早いところ嫁が来ないかな。

そんなことを考えながら、俺は様子を見るため馬車に戻る。

ドアを開けて大きな体を屈めて中に入ると、イートンがシトエン嬢の隣に座り、腰の辺りを撫でてやっていた。

シトエン嬢は脂汗を浮かべている。かわいそうに、よほど痛いのだろう。

桃色の唇が引き絞られ、小さく震えているシトエン嬢に小声で話しかけた。

「今日はここで野営をします。もうすぐ天幕を張りますからそっちに移動してもらって……」

「野営!?　野宿ってことですか!?」

素っ頓狂な声を上げて反応したのはイートンだ。

「まあ、有り体に言えばそうだが……」

「そんな……っ。こんなところにお嬢様を！」

「だが宿泊地は遠く、近くの宿は治安が悪い」

ラウルは宿と言っていたが、あれは多分一夜の逢瀬というか……。そういうことをする宿だろう。まさかそんなところに姫君を連れて行くわけにはいくまい。

「野営って……」

しつこいイートンの語尾に、天幕を組み立てる大きな音がかぶさってくる。

「冬場、我々はほぼ屋外で活動している。天幕を張るのも問題ないし、装備はすべてそろっている。警護もぬかりない」

つい口調がぶっきらぼうになる。

「ですが、屋外に変わりはないのでしょう⁉」

「野っ原で寝るわけじゃない」

「劣悪な環境でお嬢様を……」

「なにが劣悪か」

どんなものを想像しているのか知らないが、やけに突っかかるイートンに対し、つい言葉が尖る。

「イートン、やめて」

振り絞るようにシトエン嬢が割って入った。

「ご厚意、感謝します」

必死に笑顔を作ろうとするシトエン嬢がいたわしい。ぶるり、とその薄い肩が震えるから、俺は飛び跳ねた。

「寒いのですか⁉」

季節的には若干暑さを感じるぐらいだが、寒いのか⁉

俺はよく知らないが、ツキノモノとやらは身体から血が出ていくと聞いたことがある。そのことと寒さとどう関係があるんだ⁉

いや待て。そんなことをグダグダ考えていても答えなどみつからない。本人が寒そうなのだから、とにかく冷えるのだろう。ならば温めねばならん。

「おい、なにか布！　あと、天幕内に焼石を用意しろ！」

馬車を飛び出して声を張ると、騎士のひとりがよくわからない布を持ってきた。

「これはなんだ」

「敷布の代わりにするみたいですよ」

持ってきた本人もよくわからないものらしい。

両手で持ってびろーんと広げてみると、彼女をくるんでも十分な大きさであることがわかる。

今回、野営の予定はなかったが、出発にあたりなにがあるかわからないので準備をしておくに越したことはない、と王宮の資機材係に言われて用意していたらしい。

シトエン嬢がいるからと、装備や食器のほかに飾り布や可愛らしいモビールなんかも持ってきたのだそうだ。

知らなかった。部下がシトエン嬢に気を使っている……。

「じゃあ、これ借りるぞ」

「はい。どうぞ」

そこかしこでロープを打ち付ける音がする。慣れたもんだ、早い早い。

もうすぐメインの天幕自体は立ち上がるようだ。横幕も引き、中に絨毯だのなんだのを敷けばイートンも納得するだろう。

俺はまた馬車に取って返す。

「もうすぐ天幕が立ち上がるので、横になって休めますよ」

「もう⁉」

イートンが目を丸くしている。

「やっぱり、そんな質素で野蛮なところには……」

窓に貼り付き、必死に外を確認しようとしているので、この隙に、とシトエン嬢に布を被せてくるみ、横抱きにした。そのまま膝立ちで扉のほうまで後退していたら……

「あ、あ……あのっ」

消え入りそうな声でシトエン嬢が声を上げた。

「はい？」

なんだろうと視線を落とし、腕の中の彼女を見ると、真っ赤になって顔を俺の胸に押し付けている。

「ご、ごめんなさい。汚してしまって……。あの、王子も汚れるかもしれないので……」

恥じ入る彼女がなにを言っているのかわからなかった。

なんだ？　ときょろきょろと視線を巡らせ、なるほど、と気づく。

馬車の座席に赤い染みがある。服を通してツキノモノが漏れ出してしまったのだろう。

「もう少ししたら自分で動けますから。あの……王子も汚れたら」

「そんなことより、俺はあなたが心配です」

よいしょと馬車を出て、ようやく足を伸ばして彼女を抱えなおす。

「こうやって布でくるめば、他人からはわかりません」

できるだけさりげなく言うと、彼女は真っ赤になったまま頷いた。

「とにかく、早くもっと広いところでゆっくりしてください」

そう言ってから歩き出す。

「天幕、入れるか？」

「こちら問題ないです。寝台を作りましたのでどうぞ」

「まあ！　大きな……建物？　え、これがテント……!?」

背後でイートンが声を張り上げている。

「イートン！　シトエン嬢の荷物を持って早くこい！」

俺が命じると、彼女は慌てて馬車の裏側に駆け寄り、括りつけている革製鞄にとりついた。

◇◇◇◇

「……ん」

小さな声が聞こえて、俺は読んでいた文書から顔を上げた。

シトエン嬢のまぶたが痙攣《けいれん》したように震え、それからゆっくりと開く。

菫《すみれ》色の瞳が、天幕の天井から吊り下げたカンテラの橙色の光を受けて、いつもより淡い色合いになっている。

「ここは……？」

仰向けのまま羽根枕から少しだけ頭を上げ、それからまた顔をしかめた。まだ腹が痛いのかもしれない。

俺は椅子から立ち上がり、寝台に移動する。寝台といっても、箱を並べ、盾にもなる板を渡し、マットを敷いただけの簡易的なものだが、寝心地はそう悪くないと思う。俺的には。

彼女のすぐそばに座ると、ぎしりと派手に板が軋んだ。

馬車からシトエン嬢をこちらに運び込んでから、すでに四時間が過ぎていた。日は落ち、外はずいぶんと暗い。

だが、領主屋敷から警備を十数人借りてきたから安全性には問題ない。実際、かがり火もがんがん焚いているし、街道は封鎖解除した上で騎士たちが検問にあたっている。

「天幕の中だよ。覚えてない？」

俺はタニア語で話しかける。どうせ天幕内にはふたりしかいないのだ。

「……うん」

とろりとした返事が彼女の口から洩れる。まだ半分眠っているのかもしれない。

「まだどこか痛い？」

「ん……」

とろりとした声を漏らしたあと、「んー……」と長く唸る。眉根が寄っているからまだ痛いのだろう。そのまま彼女はごろりと横向きになった。

イートンがシトエン嬢に粉薬をいくつも飲ませていたことを思い出す。なんの薬だと聞けば、ほとんど眠り薬だった。

『なんかこう、治る薬じゃないのか？』

つい尋ねたら、イートンにバカにされた。そんなものない！と。

眠って痛みをやり過ごすしかないらしい。

それを聞いただけで気の毒になった。

こんな痛みと毎月つきあっているのか。

そういえばイートンが腰を撫でていたな、と俺は立ち上がり、彼女の背中側に回る。

寝台の上に膝立ちになり、掛け布団の上から腰の辺りを撫でる。

「こんな感じ?」

「ううん。そうじゃない」

おお、はっきりと否定された。シトエン嬢には珍しい。

「腰を押して……。そうしたら痛みが和らぐの」

「押す? 腰な。腰のどの辺り?」

戸惑っていたら、「親指で、ぎゅっと」と焦れたように言われた。

「仙骨《せんこつ》のところ、ぎゅーーって」

「センコツとはどこ!?」

「背骨の一番下の……。もうちょっと下……」

声がつらそうだ。本当に申し訳ない。いちいち指示を仰がないといけないことに焦る焦る。おまけに言われたことさえまともにできないとは情けない。

「じゃあ、押すぞ」

掛け布団を剥ぐと、彼女が横向きになったまま膝を抱えるような体勢になっているのがわかる。

いつの間にかイートンがナイトウェアに着替えさせていたようだ。ドレスだとごてごてしていてどこがどこだかよくわからないが、これなら腰もすぐにわかりそうだ。

この辺りかな?というところを親指で押してみたのだが。

……なんというか、細いな。骨ばっているというか。これが背骨? 嘘だろ? 華奢すぎて力加減がわからない。ど……どれぐらいだ？　これぐらいの強さでいいのか？　痛かったらどうしよう。

「もうちょっと下」

「下？」

いつもはタニア語でもシトエン嬢は丁寧な言葉を使うのだが、やっぱり薬のせいでぼんやりしているんだろう。親しみのある話し方で俺に言う。

「もっと下。ぎゅーって」

「もっと下って……」

それはもう尻ですけど！！！　ここ？　ほんとにここなのか⁉

おっかなびっくりに尻と背中ぎりぎりのきわ辺りを親指で押す。

「そこ……、あぁっ」

途端に色っぽい声を漏らされるから、触れてはならないような気がして両手を上げた。

「止めないで、お願い」

熱っぽく潤んだ目で見上げられた。

な、なんか違うことをお願いされているようでドギマギする。

「え、ここ？　ここね？」

下心はありません。ただただ必死です。

だけどだけどだけどだけど。

シトエン嬢の背中から腰まで手を這わせて、ナイトウェア越しに伝わる体温とか、ほっとしたように目を閉じる無防備な顔とか。

そんなのを間近に見たら……。

おまけに、さっき『止めないで、お願い』と言われた声が鼓膜に際限なくリピートされていて……。

いやいやいやいやいや、頑張れ俺!!

さっきシトエン嬢が声を漏らした部分を指でぎゅうぎゅう押すと、「はあん……」とか「きもちいぃ……」とか言われて。

もう、俺はどうしたらいい!?

だけど、どうやら楽になっているのは確かなようで。

顔から険しさが消えていき、声もどんどん小さくとろとろしている。

「シトエン？　眠いのか？」

また寝ちゃうかなと思って声をかける。

「……うん」

彼女は返事をして。

そして、聞いたこともない言葉を話し始めた。

どこの国の言語か見当もつかない。

思わず手を止める。続けろとか、やめるなとは言わなかった。

もう、眠りかけなのだろう。

ただただ、どこの言葉かわからない言語を話している。

「アツヒト」

ごろんと寝返りを打ち、彼女は俺を見た。紫色の瞳には、俺が映っている。

「アツヒト……」

同じ言葉を繰り返し、目から涙をいくつもこぼした。

いつの間にか、彼女に手を握られている。

俺は、動けない。

シトエン嬢はやっぱりなにかわからない言葉を口にしているが、それはずいぶんと懇願するような口調で。

そのままゆっくりと瞳が伏せられ、押し出されるように涙が幾筋《いくすじ》もシトエン嬢の頬を伝った。

彼女の涙は俺が昨日買ったイヤリングのようだ。テントの照明を包み込み、雫型になってぽろぽろと流れる。

それを見ながら確信した。

彼女は〝俺の中のなにか〟に惚れたんだ。

俺に惚れたわけじゃない。

◇◇◇◇

次の日の午後、俺はヘドナ領の領主と並んで廊下を歩いていた。

「姫の体調が戻るまで、我が家であれば何泊でもなさってください」

領主は鷹揚に告げる。

本来であれば昨日宿泊すべき屋敷だ。俺は深く頭を下げ、昨晩警護の兵を遣わしてくれたことと、シトエン嬢のために二、三日部屋を貸してもらえた礼を再度伝えた。

「貴卿《ききょう》から受けた手厚いもてなしについては父上にも報告させていただく」

最後にそう伝えると、領主はいたく恐縮して「本当にお気になさらず」と言ってくれるが、実際助かったのは本当で。なにしろ野営だ。シトエン嬢がなにに狙われているのかわからない今は、警護には自信があるとはいえ、兵を差し向けてくれたのは心強かった。

「いやしかし……。素晴らしい姫ですな」

領主はシトエン嬢の寝室に先導してくれながらそんなことを言う。

俺やラウルはさっきまで天幕の片付けや領主への挨拶、その他もろもろをこなしていたのだが、シトエン嬢は体調のこともあるので先に寝室で休ませてもらっていた。

初対面ではないのか?と首を傾げると、領主は笑う。

「噂が国内中に駆け巡っておりますよ。なんでも、シーン伯爵領で領民たちを救ったとか」

ああ、そのことか。俺はつい顔がほころんだ。

「そうなんだ。彼女は幅広い知識を持ち合わせている」

「さきほど少しだけご挨拶しましたが、花のかんばせというのはあのような姫のことをおっしゃるのでしょうな。姿かたちもお美しく、声にも品がある」

わかるじゃないか、この領主。

「夜会に出席していただけないのは残念ですが、これればかりは仕方ない」

「俺だけでは華が足らぬだろうが、出席者の諸卿にはご勘弁していただこう」

領主は声を立てて笑った。

「本当に王子は姫を大切になさっておるのですな」

うんうん、と領主は何度も頷く。

「姫の体調不良のため馬車を止めて野営を張るなど、こんなに愛された姫はおりますまい。うちの娘にも王子のような男性が現れることを願っていますよ」

そう言われると、なんだか照れ臭かったのだが。

昨日、彼女が呟いた言葉がよみがえり、胸が斬り裂かれたように痛みだす。

俺は本当にシトエン嬢を大事だと思っている。大切にしたい。大好きだ。

だけど、彼女はどうなんだろう。

『アツヒト』は絶対に男の名前だ。

「さあ、こちらの部屋に姫がいらっしゃいます。また時間になればお呼びしますので、どうぞごゆっくり」

領主が足を止め、目の前の扉を指し示す。

俺は礼を言ってドアノブを握った。ノックしようかと思ったが、眠っているのを起こしては可哀想だ。

領主が立ち去るのを確認し、そっと扉を開く。中はカーテンが閉められているせいで薄暗い。

足音を忍ばせてベッドに近づくと、案の定、彼女は眠っていた。

室内を見回して椅子を見つけ、音を立てないように持ち上げる。そのままゆっくりベッドのわきに置いて座り、寝顔を見る。

長い銀の髪はゆるく編まれていた。頬に血の気はないが、苦しそうではない。それだけでほっとした。

イートンによると、今日までがつらいのだそうだ。本人も明日は動けると思うと言っていたという。

長いまつげは伏せられ、桃色の唇は少しだけ開いて、そこからすうすうと寝息が漏れていた。

この寝顔をアツヒトとかいうやつはずっと見ていたのだろうか。

そんなことを考えた。

この銀の髪を掬い取り口づけ、彼女の腰に腕を回して抱きしめたりしたのだろうか。

見つめ合って互いに微笑んで、どんな言葉をかけたのだろう。シトエン嬢はそのとき、どんな表情だったのだろうか。

きっと嬉しそうに口元をほころばせ、あのきれいな紫色の瞳で見つめ続けたに違いない。

彼女は、そいつを愛していたのだろう。だからこそ、そいつのために涙し、そいつと間違えて俺の手を握った。

よく考えれば、襲われたときのあの怯えよう。自分が襲われたというのに、彼女は俺のことばかりを心配した。

初めて会ったとき、『どうして』と彼女は言った。

どこかで俺はシトエン嬢と会ったのかと思ったが、違う。

アツヒトというやつと俺は似ているのかもしれない。彼女は俺を通して、そいつを見ているんだろうか。

『王子には嫌われたくない』

シトエン嬢はそう言った。

『サリュ王子のことを、わたしはとても好ましく思うんです。わたしを大事にしてくれるあなたのことを、わたしは大好きなの。わたしのことを好きになってほしいとさえ願ってしまう』

それは、本当に俺のことなのか。

俺に似た誰かのことなんじゃないのか。

「……シトエン嬢」

手を伸ばし、そっと頬を撫でた。

「俺は、あなたが好きなんだ」

ほかでもない。

ただひとりのあなたが。

幕間
ルミナス王国にて

ノックのあと、執事長とともにルミナス王国の宰相は執務室に入室した。

アリオスはペンを止め、嬉しそうな表情を浮かべて立ち上がる。

「宰相！　ここに来てくれたということは、父上の返事を持参してくれたのか⁉」

執事長が扉を閉めて退席するのを見計らい、ルミナス王国宰相はきっちりと十五歩でアリオスの執務机の前で立ち止まった。

「その件については後日また」

途端に、アリオスは革張りの椅子に崩れるように座った。

「どうしてなのだ！　なぜ父上はわたしとメイルの結婚式を赦《ゆる》してくださらぬ！」

怒鳴って爪を噛む。

宰相はそんな王太子を一瞥し、執務机の上を眺める。ちらりと侍従を見ると、こちらも宰相の瞳を見返し、頷く。事務処理能力についての評価はそれで伝わった。

この王太子に足りないのは女を見る目だけですよ。

そんな顔だった。

「おまけに、外出するときはメイルを同伴させるなと言うし……」

激しい貧乏ゆすりに、宰相はアリオスに視線を戻す。

端整な顔立ちだ。

母親譲りの容姿に父親譲りの体格。どこに出しても恥ずかしくないルミナス王国の王太子。

だが、妃候補があれではどうしようもない。

ふう、と宰相が小さな息を吐いたとき、アリオスの背後にある窓から女たちの笑い声が風に乗って聞こえてきた。

「ああ。メイルと貴族の娘たちが庭で茶会をしているんだ」

目をすがめて窓を見ると、アリオスが満面の笑みで説明してくれた。

「パーティーに連れて行ってやれないんだ。代わりに貴族の子女をこの屋敷に呼ぶぐらいいいだろう」

「メイル嬢はただいま王太子妃になるための教育期間中と伺いましたが」

やんわりと指摘する。

外国語がなにひとつできないのならば、まずは会話。それからマナー。各国の要人の顔と階級も覚えてもらわなければならない。ダンス、ピアノ、教養のための古典芸能。覚えることは山ほどあるが、あの娘が唯一まともにできるのはダンスだけではないか。

「なにごとも息抜きは必要だ。可哀想じゃないか。この前まで王太子妃とは縁のない生活をしていたんだ」

むっとした表情でアリオスが言い返す。

その王太子妃になりたいからシトエン嬢を追い出したんだろう、と怒鳴りつけたい気持ちを宰相はぐっと堪えた。

「さようでございますか。本日、お邪魔した用件はこちらにございます」

宰相は背後で控える自分の文官を振り返る。

文官は進み出ると、銀盆にのせていた一通の手紙をアリオスに差し出した。

「招待状？　メイルを連れて行っていいのか？」

受け取った途端、アリオスが嬉しげに笑うが、その中身を見て顔をしかめた。

「……これは、ひょっとしてシトエンとあの王子の結婚式か？」

「さようでございます」

宰相は無表情で応じる。

寛容な国というべきか、バカにしやがってと招待状を叩き返すべきか。

ティドロス王国は数カ月後に開催される、シトエンとサリュの結婚式にアリオスを招待しようとしているのだ。

「……父上はなんと？」

「殿下にお任せする、と。メイル嬢をお連れしてもよいとのことでございます」

外国語も話せず、お辞儀もまともにできず、男に媚を売り、若さしか取り柄のない娘《メイル》を。

「そうなのか！」

途端にアリオスは破顔した。

「ならば行こう。いや、そうだな。よく考えればシトエンには可哀想なことをした。行って祝福してやるのもよかろう」

可哀想なことをした？

してやるのもよかろう？

どの口が言うのか。

宰相は拳を握りしめる。

「殿下はシトエン嬢のその後の噂をお聞きになりましたか？」

煮えくり返る怒りを必死に抑え込み、震えそうになる唇を引き絞った。

「シトエンの噂？」

訝《いぶか》ったのち、アリオスは非常に嫌な嗤い方をした。

「なんだ、もう破談が近いのか。あの……なんといったか、熊の王子。あの王子もシトエンの忌まわしい身体に嫌気がさしたか」

ははは、と笑い、アリオスは招待状を机の上に放った。

「陰気な娘だしな。メイルのようにほがらかに笑うわけでもなし。いつも屋敷にいて、社交界に連れていってもはしゃぐわけでもなし」

屋敷にいたのはお前が閉じ込めていたからだ。

社交界には仕事に行くのだ。はしゃいで楽しむためではない。

現にシトエンがいなくなった今、社交界の、特に若年層はバランスが崩れている。シトエンという娘はあんなに虐げられていたのに、王太子妃としてしっかり社交界で手綱を締めていた。どれだけ悪口を言われようが、その位でもって取り仕切るだけの力を持ち、見せつけていたのだ。

それをこの王太子は……。

「シトエン嬢は非常に優秀で、サリュ王子に溺愛されているとか」

宰相がぴしゃりと言い放つと、アリオスはぽかんと口を開いた。

「……は？」

アリオスが間の抜けた声を上げる。

「領民が苦しむ風土病のようなものを治癒したと。その領地の持ち主というのが高位の者であり、かつ、サリュ王子と双璧をなす者であったためティドロス王はいたく感激なさり、わざわざタニア王国に使者をやって感謝の意と」

宰相は咳払いをした。

「鉱山資源に関して特別な取り計らいをする契約を持参したとか。今後、新たな貿易路の開発が行われるのではと我々は踏んでいます」

アリオスはとっさに立ち上がる。ガタンと背後で椅子が倒れた。

「かの国は北から西の国境地をサリュ王子がしっかりと守り、その右腕と呼ばれる伯爵が東を押さえています。あちらの王太子は国内で絶大な人気を誇り、次代も安泰」

それなのにお前は、と宰相は堪える。

「はばかりながら、王太子。シトエン嬢にそのような才があるのをご存じでしたでしょうか」

アリオスはなにも答えない。ただ、机についた手が細かく震えている。

「……そんなことはあり得ない。あの娘は……あの娘は、ただの気味が悪い娘だった」

絞り出すように言う。

「竜紋のことをおっしゃっているのですか」

ため息交じりに宰相は言った。

「そうだ！　あのとかげのような……」

「王太子殿下はご覧になられたのですか」

「……え？」

「その、竜紋でございます」

宰相は一歩、アリオスに近づいた。

「シトエン嬢に施された竜紋をご覧になったのですか」

宰相はたっぷり五十は心の中で数を数えたが、返事はない。アリオスはうなだれたままだ。

「ご覧になっていない？」

それにも返事はないが、返事がないのが答えだ。

宰相は内心で舌打ちをした。心の中でアリオスを何度も殴った。

「僭越ながら、わたしは一度、竜紋なるものを見たことがあります」

「……え」

ゆっくりとアリオスが顔を上げる。

「もちろん、シトエン嬢のものではありません。タニア王国に知人がおりまして。竜紋を持つ気高い方から特別に拝見する栄誉を得ました」

それぐらい特別なことなのだ、と宰相は心の中で何度も念を押した。

すごいことなのだ。素晴らしいことなのだ。一生に一度あるかないかなのだ。そんな娘をお前は娶るはずだったのだ。

「その方は男性でしたが、ふくらはぎに竜紋をお持ちでした」

「う……うろこのようであったろう！　醜いとかげのような！」

前のめりになってアリオスが唾を飛ばす。

「いいえ」

宰相はきっぱりと首を横に振った。

「桜の花びらのような小指の爪ほどの竜紋が四つほど。円を描くように描かれておりました」

「よ、……四つ？」

宰相は親指と人差し指で円を作って見せる。

「これぐらいのものです。非常に小さなものなのだと驚いた覚えがあります。皆、このような大きさなのでしょうかと尋ねたところ、女性はさらに小さいとその方はおっしゃっていました。竜紋も多くて二つだろうと」

「なぜ、それを言わぬ！」

アリオスが叫ぶ。

宰相は大きく息を吸い込み、怒鳴り飛ばした。

「口にするのも恐れ多いからだ！　莫迦者《ばかもの》!!　すべてが秘匿されているからだ！」

宰相は勢いのまま執務机を叩きつけた。

びくり、とアリオスが肩を震わせる。

「見たことさえも口にしてはならぬ！　形さえ言葉にしてはならぬ！　竜紋とは存在そのものが高貴であり、尊いものなのだ！　それを授けられた栄誉がなぜわからぬ！　お前はそれをみすみす失ったのだ！　手放したのだ！　こうやって教えてやらないとわからないぐらい愚かなのか！」

「閣下」

背後で部下の文官が小さく呼びかける。宰相は息を整え、姿勢を正した。

「失礼しました。出直してまいります」

小さく会釈をして宰相は背を向ける。

もう、うんざりだ。

文官が深くアリオスに礼をするのが目の端に見えた。このまま、退席しよう。これ以上こいつの顔を見ていられない。

「ど、どうすればいいのだ！」

背後からアリオスの声が追ってくる。

どうすれば？

ははは、と宰相は笑う。

「あの婚約式でシトエン嬢を娶ればよかったのですよ」

振り返り、きっぱりと言う。アリオスは微動だにしない。

「ですが、殿下は失ってしまわれた。我々も言葉を尽くしたが、タニア王の怒りは解けなかった。もう、どうしようもありません。ですが、手は打ってございます」

アリオスは蒼白な顔で宰相を見ていた。

「我が国のものにならないのなら、誰のものにもならないようにすればよろしい。それしかない」

言い放ち、宰相は扉を開く。

未だ知らせは届いていないが、さまざまな手はずでシトエン殺害計画は実行されつつある。

高熱を発するほど体にあわない桃やリンゴを食事に混ぜようとしたが、これは事前にばれてしまった。

次に、カフェにいるところを強襲したが、さすがティドロスの冬熊と名高い第三王子があっさりと撃退してしまった。なんらかの理由で野営を張ったときは好機だと思ったが、隙が無い。

だが、この国にも暗殺の精鋭はいる。

（惜しい娘だった。申し訳ないが、消えてもらおう）

ほう、と宰相は小さく息を吐く。

きっとタニア王国と我が国の絆を強固にできる存在になれたに違いない。

実際、ティドロス王国ではそうなのだから。

アリオスの執務室から出るとき、窓からにぎやかな女たちの笑い声が聞こえ、宰相は今度こそ盛大に舌打ちをした。

◆四章◆

俺の婚約者は、妻になっても愛らしい

シーン伯爵領から王都に戻ると、慌ただしい日々に一気に飲み込まれた。

結婚の準備や挨拶、その間の警備配置などを猛烈な勢いでこなしていると、数カ月なんてあっという間に過ぎて。披露宴とパレードが明日に迫っていた。

今日こそは、今日こそは、と思いながら、ずっと言えずにいたことがある。

俺自身、かなり忙しかったのは確かだ。

簡素化された結婚式とはいえ、形式というものがある。三歩進んで礼をしろだの、誓いの署名はここだとか。

覚えることは山ほどあるし、披露宴に来ることができない客がわんさかやってきて、「おめでとう」「ありがとう」をやらねばならん。

それはシトエン嬢もそうだ。あっちはあっちで、ドレス合わせがある。

よく考えれば、ヴァンデルのところに行く暇は本当はなかったのだと思わされた。

今日は忙しいから明日にしよう。

明日はシトエン嬢が忙しいから暇を見つけて話しかけよう。

ああ、もう彼女は寝てしまったみたいだから、また今度。

そんなことを繰り返していたら、彼女に伝えたい言葉が胸の中でくすぶり、発酵してぶすぶすと嫌な臭いを放ち始めていた。

すっきりしたい。吐き出したい。

ただ一言、『アツヒトって誰?』とシトエン嬢に尋ねればいいだけなのに。

そして、俺の想いを伝えればいいだけなのに。

それなのに、それができない。そして、ぐずぐずに腐って嫌な気分になっている。

ひょっとしたら、アツヒトというのは彼女が可愛がっていた犬かもしれない。そんな風に考え直してもみた。なにも人だとは限らないだろう。俺に似た大型犬だったのかもしれない。

だけどすぐに、でもその犬の飼い主がいい男で実はそいつに惚れていたのかもしれない、と勝手に妄想をして、やっぱりへこんだ。

もともとこうやって悩み続けているのはあんまり性《しょう》に合わない。

せめて、結婚式の前には片づけたい。

俺は意を決し、シトエン嬢の寝室の扉をノックした。

「はい」

心のどこかで寝ていますようにと願っていた。だから室内から聞こえてくる鈴のような声に、心臓が早鐘を打つ。どうしよう、と今更ながらちょっとだけ焦った。

「お、俺です」

情けないことに声が若干震えた。

「あ……どうぞ」

パタパタと、なにか片付けている音がする。やっぱり明日の準備があったろうか、と後悔しながらも、ゆっくりと扉を開いた。

「忙しかった？」

タニア語で話しかける。

彼女はもうナイトウェアで。俺はまだシャツとトラウザーズ姿だ。

ただ、眠るつもりはなかったのかもしれない。机の上には便箋とインク壺が乗っていた。

「ううん。故郷に手紙を書いていただけ」

シトエン嬢が微笑む。

ふたりだけの、特に夜の会話は今では自然にタニア語で過ごしていた。シトエン嬢も砕けた様子で話をしてくれるようになっていたし、それが俺的にも心地よかった。

「イートンにお茶かなにかを……」

ベルを掴もうとするから慌てて首を横に振った。

「すぐ済むから。ちょっと、話をしたくて」

うしろ手に扉を閉める。

「では、ソファへ」

シトエン嬢が手で座るように勧めるが、座ったら座ったで違う話を切り出してしまいそうで、俺はやっぱり首を横に振る。

「あの……黙っていようかとか、尋ねないほうがいいかなとも思ったんだけど。なんか、結婚前にはっきり言いたくて」

俺が口を開くと、それまで柔和だったシトエン嬢の顔がこわばった。

「どう……したの？」

「ヴァンデルの屋敷に行って、その帰り。シトエンが体調を崩したじゃないか」

「ええ」

おずおずとシトエン嬢が頷く。

とにかく、心のうちを吐き出すだけだから。伝えるだけだから、と俺は必死になった。

「薬でぼんやりしているとき、シトエンが俺に言ったんだ。アツヒト、って」

言ってから、ごくりと空気ごとつばを飲み込む。

ああ、やっぱりお茶かなにか貰ったほうがよかったかと後悔した。

「アツヒトって、人の名前なんだろう？　なんか、俺に似ていたりするのか？　シトエンはそいつのことが好きなのか？」

そこで、卑怯にも唇が凍り付く。

言え、と俺は必死になった。

どんな盗賊だろうが大人数だろうが、敵相手にひるんだことはない。劣勢に追い込まれるたび、身体中を酒が巡ったような感覚が逆って、気づけば笑いながら相手に飛び掛かっていくのに。熱くなるのに。

それなのに今は喋れば喋るほど、身体が凍えていく。

「シトエン……」

もつれそうになる舌で俺は尋ねた。身体が痺れてどんどん動かなくなっていきそうだ。

「本当は俺じゃなく、そいつが好きなのか？」

言った途端、心の中が空っぽになった。

あれだけくすぶりガスを吐き、ぶすぶすと腐臭を放って膨らんでいたのに。吐き出してみると心がぺしゃんこになった。

ああ。あれは、なにか質量を持っていたんだなあとぼんやりと思う。

「……信じてもらえるかどうかわからないのだけど」

ずいぶんと長い沈黙のあと、シトエン嬢は澄んだ声でそう切り出した。

「わたしには、前世の記憶があるの」

「前世……って、輪廻転生《りんねてんせい》の？」

この国にはない宗教観だが、タニア王国では人は何度も生まれ変わるという言い伝えがあると聞いたことがある。

「そう。その輪廻転生。わたしはここじゃない別の世界で生まれて、大人になって……。サリュ王子は、わたしの医療知識をどこで身につけたか不思議だったでしょう？」

ほんの少し微笑み、シトエンは小首を傾げる。俺はおずおずと頷いた。

彼女がタニア王国で医療職に携わっていた記録も経歴もない。もちろん、そんな特殊知識を獲得した経緯も。

「あれは、わたしが前世で培った知識なの。わたしは前世、医師として働いていた」

「医師……」

繰り返し呟き、彼女を見つめる。

小柄な娘だ。

今は絹のナイトウェアに身を包んでいるが、俺から見れば胸も尻も小さな、まだ少女とも思えそうな体躯。

だけど、その口ぶりも表情もずいぶんと大人びて見えた。

「その前世の恋人が、アツヒトという名前なの……。彼は看護師だった」

シトエン嬢がその名を口にすると、ずきりと心が痛む。

なぜなら。

とても愛しそうに、大切そうに、その名を呼ぶからだ。

「大柄で、誰とでもすぐ仲良くなって……。なにより患者さん思いの看護師で。手術室担当看護師として配属されたのに、しょっちゅう病室をうろうろしてよく師長に叱られていて……」

くすり、と微笑むシトエン嬢。

俺は話していることの半分ぐらいしか理解できていない。

かんごし。しちょう。

それらの言葉を深く考える前に。彼女に質問する前に。俺はシトエン嬢のその顔を見て、激しく嫉妬した。

見たこともない、アツヒトという男に。

結果的に俺は歯を食いしばり、黙ったままだ。

「わたしのこともとても大事にしてくれて……。だけどある日、夫から暴力を振るわれて重症を負った女性が処置室に運び込まれて対応していたら、錯乱状態の夫がナイフを持って乱入してきたの」

シトエン嬢はそこで言葉を区切り、大きくひとつ息を吸い込んだ。

「アツヒトはわたしを庇って、殺された……」

ああ、そうか。

俺は納得する。身体から少し力が抜けた。

だからシトエン嬢がカフェで襲われたとき、あんなに動揺して俺を守ろうと必死になったのだ。

「その後、わたしもそのときに負った傷が原因で結局は死んで。気づいたら、この世界でシトエン・バリモアとして生活していたの」

ぽつりぽつりとシトエン嬢は話す。

最初、前世の記憶はなかったのだそうだ。だが十六歳のとき、桃を食べて酷い目に遭い、生死をさまよったときに前世のことを思い出したらしい。

その後もシトエン・バリモアとして生活をし、そして婚約破棄にあう。

「サリュ王子が謝れって言ってくれたとき、心臓が止まるかと思った。だって……」

彼女はそう言い、両手で顔を覆う。肩が小刻みに震えていた。

「俺が、似てたから？」

返事はない。ただ、彼女は震えながら泣いていた。

「俺のことが好きになったっていうのは、俺がそのアツヒトに似ているから？」

もう一度尋ねてみると、嗚咽が聞こえてくる。しばらく彼女の苦しげな呼吸を聞いていた。

「あ、あの……」

シトエン嬢は手をおろし、涙に濡れた瞳でまっすぐに俺を見た。

「だけど……」

「いや、いいんだ。あのさ、きっかけは本当になんでもよくて。いや、あの。なんかごめん」

俺は矢継ぎ早に言葉を発する。

「泣かせるつもりもなかったし、そもそも問い詰めるつもりもなかったんだ。聞いてほしかっただけで」

「……聞く？」

「うん、そう。あのさ」

無意味にシャツを引っ張って皺を伸ばし、いつの間にか丸まっていた背もまっすぐに伸ばした。

「そりゃ……シトエンは俺のことが好きなんだと思って嬉しかったのに。その理由が実は前世で恋人だったアツヒトって男に似ていたからで……。その……俺、なに舞い上がってんだってへこむわ恥ずかしいわ」

「ち、違うわ……っ」

必死にシトエン嬢が食いついてくるが、「あのさ」と強引に言葉を断った。

「シトエンの気持ちもわかるんだ。だって、生まれ変わっても……夢にまで出てくるほど大事にしていた男なんだろう？　そいつに似た男が現れたら、そりゃ……なあ」

俺はガリガリと頭を掻いた。

「シトエン、つらくなかったか？　大丈夫だったか？　俺、そんなこと全然気づきもしないで……」

シトエン嬢は立ち尽くしたまま、ぽろりと無言で涙をひとつ零した。

彼女が黙っているから。

何も言わないから。

代わりに俺はこの胸に溜まった感情とか気持ちとか、そんなものをなんとか〝言葉〟にして彼女にどうしても伝えたい。

「……そんな大事なやつを忘れろって言っても、そりゃ無理だ。無理なのはわかっている。だけど」

俺はごくりと息を飲む。意を決して拳を握りしめた。

「俺を、見てくれ」

必死に笑って見せたけど、多少ぎこちなかったかもしれない。その分、胸を張った。

「すぐじゃなくていいんだ。いつでもいい。シトエンの心からその男がいなくなったとき、少しだけでもいい、俺を見て欲しいんだ」

見開いた彼女の瞳から、またひとつ涙が零れ落ちた。

「絶対にシトエンに大好きになってもらえるよう、頑張るからさ」

俺は不思議と、ほっとした気分だった。言いたかったこと、伝えたかったことが言葉にできたからかもしれない。どこかゆったりした気持ちで、今度こそシトエン嬢に自然に笑いかけることができた。

彼女にどうしても聞いてほしかった全部をようやく伝えられた。

たったこれだけのことを言うのに、俺はグズグズとくすぶっていたんだからどうしようもない。

だって、これらを全部伝えるにはまずアツヒトが何者かを確定させる必要があったわけで。それを確認するという苦痛が俺はもう……とにかく嫌だった。

そこをすっ飛ばして「俺に惚れてくれ」と言ってもよかったんだけど、それじゃあなんだか卑怯だし、問題を先送りしただけで結局回り回ってなんか悪いことが起こりそうな気がした。

痛みは伴ったわけだし、「やっぱり俺じゃなくてアツヒトが好きなんだなぁ」と結婚式前になんでフラれてんだよとがっかりもしたけど。

要するに、最終的にシトエン嬢が俺を好きになってくれるように頑張れば問題ないんだから。今日から仕切り直しだ！

「違うの、サリュ王子」

「ん？」

シトエン嬢がぶんぶんと首を横に振るから、目を剥いた。え、なに。なにが違うんだ。

「……そんなに勝ち目ない？　忘れられなさそう？」

おそるおそる尋ねる。

アツヒト、かなりの強敵か。カンゴシというのは聞いたことがない称号だが、それは王子に勝るのか。皇帝的ななにかなんだろうか。

「わ、わたし……」

シトエン嬢が数歩近づく。

転びそうなほど前のめりだったから、慌てて手を差し伸べるけど彼女は転ばなかった。

その代わり、がっしりと俺の両手を握った。

「わたし、大好きなの」

「……アツヒトが」

なんで何度も確認作業をせねばならんのだ。

だけど、シトエン嬢は首を高速で横に振った。

「サリュ王子が！」

大声で言い放たれ、俺は動きを止めた。

ついでに呼吸も止まっていたのかもしれない。

「サリュ王子⁉」

気づけば片膝を床について、ゲホガホむせていた。

シトエン嬢が両膝をついて俺の背を撫でてくれているから、「あ、ありがとう」と礼を言って、ぜいぜい息を吸い込む。

「ふたりが似ているなと思ったのは確かだし、アツヒトと同じで優しいなあと思っていた。正直に伝えると、あなたを通してアツヒトをずっと見ていたんだと思う。でもね」

シトエン嬢は俺の背を撫でながら続ける。

「サリュ王子は、ずっとわたしを見てくれていた。この、わたしだけを」

ゆっくりと顔を上げると、シトエン嬢と目があった。

「わたしの言葉をいつでも信じてくれたし、つらいことがあったときはそばにいてくれた。そうしたら、いつの間にかわたしの視界にも、あなたしか映らなくなってきて……」

紫色の瞳が微笑みを滲ませて緩む。

「ガラス細工のイヤリングの色を選んでくれたことがあったでしょう?」

「……ああ、あの。青いやつ」

咳をしすぎて喉が痛い。空咳を繰り返す俺の背をシトエン嬢はずっと優しくさすってくれる。

「あのとき、わたしを見つめてどっちがいいかって真剣に考えてくれているサリュ王子を見たとき、すごく胸が熱くなって……」

「……え？」

「大好きだって思ったの」

シトエン嬢がいつの間にか腕を回して、俺に抱きついていた。

「あなたのことが、大好きだ、って。他の誰かじゃなく、ただひとりのあなたのことが」

俺の首に回す手に、彼女は少しだけ力を込めた。

「サリュ王子が、好きなの」

震える声が鼓膜を撫でる。

「俺も……シトエンが大好きだ」

両膝立ちになり、シトエン嬢の身体を抱きしめる。

細くてしなやかな腰をぎゅっと引き付けると、彼女からは石鹸とバラの香油の匂いがした。

「よかった。こんなわたしを大好きでいてくれて」

シトエン嬢が俺の首筋に唇を押し当てるから、くらりと酔ったような感覚に全身が支配されそうだ。

後頭部が床にあたらないように片手を添えてそっと優しく、気づけば彼女を床に押し倒していた。

彼女は抵抗しない。

俺は仰向けに寝転がるシトエン嬢を上から覗き込んだ。

とてもきれいな娘だ。

銀色の髪。紫色の瞳。真っ白な肌。

吸い込まれるように顔を近づけ、そのまま唇を重ねた。

食《は》むように何度も押し付けると、柔らかく甘い味がする。

ああ、蜂蜜だ、と気づいた。ひょっとしたら、なにかそんな菓子を彼女は食べたのかもしれない。

彼女が俺の背中に腕を回す。その手はちょっとだけ震えていた。ぎゅ、とシャツをわし掴みにされる。なんだかしがみつかれたようで、思わず尋ねてしまう。

「怖い？」

返事の代わりに、彼女は首を横に振る。

俺は彼女の細い首筋に唇を這わせた。蜂蜜よりもとろけそうな吐息がシトエン嬢の口から流れ出す。もっともっとその声を聞いていたくて。

ナイトウェアごしに彼女の胸に触れた。

びくりとシトエン嬢が震え、「あ」と小さな声が上がるから、また唇を重ねる。

柔らかく、淡い手ごたえの彼女の胸。触れ続けているとシトエン嬢が甘い声を漏らして身をよじらせた。

拍子にナイトウェアの裾がはだけて脚に照明のオレンジが滲む。その色合いがとても綺麗で魅惑的で。撫でるとつるりとしているのに温かくて。

「ん……」

シトエン嬢が頬を桃色に染めて顔を背ける。零れ出る声を押しとどめるように唇が震えていた。

愛らしいその顔をもっと見ていたくて、俺は彼女の太腿のさらに奥に手を伸ばした瞬間――。

きっちりとしたノックが三回、無情にも室内に響いた。

「申し訳ありません、シトエン嬢。坊ちゃんの姿が見えないのですが、まさかこちらにおられますまいな？」

家令だ……。

俺は人差し指を立てて唇に押し当てる。組み伏したシトエン嬢もなんだか焦った様子で、こくこくと頷いてくれるのに。

またもや連続ノックだ。

「団長。まさかと思いますがそこにいませんよね？　シトエン嬢と一緒にいるとかないですよね？」

……ラウルだ……。

コンコンコンコンコンコンコン。

執拗にノックが続く。

「団長？　団長？　団長？　団長？　団長？」

「坊ちゃん。お間違えのようですのでお伝えしますが、結婚式は明日でございます」

コンコンコンコンコンコンコン。

「団長、団長、団長、団長、団長、団長、団長」

コンコンコンコンコンコンコンコンコンコンコンコンコン。

「わたくしは陛下と王太子殿下よりシトエン嬢の貞操を最後まで守るようにと」

「だーんーちーょーう！　だーんーちーょーう！　だーんーちーょーう!!」

あああああああああ！

「うっさいわ!!　出ればいいんだろう、出れば!!」

俺は床から跳ね上がり、扉を開く。

そこには、仁王立ちした家令とラウルが俺を睨みつけていた。

「油断も隙もございませんな」

「見損ないましたよ、団長。ちっ」

「ラウル、お前舌打ちしたな！」

「していません」

背後からはシトエン嬢の笑い声が聞こえてくる。

ちらりと視線を向けると、彼女は両手で口元を覆いクスクスと笑っていた。

ああああああ、もう！　超絶に可愛い……。

それなのに俺は首根っこを掴まれ、自分の寝室に放り込まれた。

◇◇◇◇

次の日。

晴れ渡る王都で俺とシトエン嬢の結婚式が催された。

聖堂での式は滞りなく終了し、その後は王都を馬車でパレード。想像以上の国民が祝福に来てくれていて、シトエン嬢は感激してずっと泣きっぱなしだった。

よしよしと頭を撫でているところを思いきり国民に見られて、指笛を吹かれるやら、ひやかされるやら。

今度は衣装を変えて宮廷内で開催される披露宴に移動したのだが……。

「大丈夫ですか、シトエン嬢。疲れてない？」

男の俺は、なんだかんだ言いながら衣装を着替えるといっても簡単なものだ。せいぜい、ジャケットを変えてフラワーホールの花をシトエン嬢のドレスの色に変えるぐらい。

だけど、彼女の場合は髪型から化粧、アクセサリーからドレス本体を含め総ざらえだ。

彼女の着替えと俺の着替え時間はまったく違っていて、俺はその間に水を飲んだり、パンを食ったり、王太子に揶揄われたり、次兄に母上より泣かれたりして、休憩ができたのだけど。

シトエン嬢は違うもんなぁ、とまじまじと彼女を見た。

俺とシトエン嬢は披露宴会場の入り口で入場する招待客に挨拶をするため、ふたり並んで立たされていた。

今の彼女はクリーム色のドレスを着ている。靴と髪飾りは紅色で、それは俺のフラワーホールに挿した花と同じ色だ。ざくろ石をつないだネックレスは、タニア王から贈られたものらしく、これを使うためにドレスと他の小物を合わせたらしい。

さっきタニア王にはご挨拶したが、いたくお気に召したようで、『シトエンに似合うと思っていた』とご機嫌だった。

まあ彼女はなにを着ても似合うんだけどね。

「大丈夫ですよ。ありがとうございます」

シトエン嬢が微笑む。

うお……可愛い。どうしよう、可愛い。

今日から俺の嫁なんだけど、とにかく可愛い。

「それより、もう〝嬢〟はいりません」

「ああ、そうだ。つい口癖で。えー……大丈夫？　シトエン……嬢」

言い直そうと思ったのに、やっぱりくっつけてしまってふふと笑われた。なんか物足りないんだよなぁ。

「タニア語のときは普通にシトエンとおっしゃるのに」

おかしげに今度は声をたてて笑うから、俺は苦笑いだ。

「あれは敬称がよくわからないからそう言っているだけで……。心の中で〝嬢〟とつけているんですよ？」

「あら、そうだったんですか」

ふふふ、と嬉しそうに笑っている。

もうすげー可愛いんだけど。どうしたらいいでしょう。

「シーン伯爵ご子息、ヴァンデル様」

廊下の奥で呼び声がかかる。おお、客が来る。というか、ヴァンデルか……。

シャキっとしなくてもいいかと思ったものの、近づいてくるとマーダー卿も一緒だった。これはいかん。今はこっちも軍服だしな、と背筋を伸ばしきっちりと起立の姿勢をとる。

ふたりは俺たちの前で足を止め、ちゃんとした礼をする。なんだかんだいいながら、ヴァンデルも貴族だしな。やればできるんだよ。

「おめでとう、親友。心からの祝福を」

ヴァンデルは嘘臭い笑顔を浮かべ、両腕を広げて近づいてきた。うわー、でたでたと思いながらも仕方なくハグをすると、やっぱり頬にキスするから横っ腹に膝蹴りを打ち付けてやる。

「はは、やめろよ。恥ずかしがり屋だな」

「ふざけんな！」

俺から離れたヴァンデルに吐き捨て、それからため息が出た。

「お前、会うたびに健康になるな。どれだけ食わず嫌いだったんだ」

今や退廃的な雰囲気を持っていた吸血伯爵なんて見る影もない。どこからどう見ても頑強そうで好青年な伯爵の跡取り息子だ。

「令嬢のおかげだ。いや、もう令嬢じゃあございませんな。シトエン妃。本当にありがとうございます」

腹立つことに、シトエン嬢……じゃない、シトエンには礼儀正しく頭を下げるんだよな、こいつ。

「ヴァンデル様の努力のたまものでございます」

シトエンがにこにこ応じている。やさしー。

「いや、今まで努力してなかったからこんなことになってたんだからな」

「これも運命のひとつだよな。シトエン妃との出会い。結局お前は、まわりまわってぼくの運命の男だったと」

「はいはい、うるさいうるさい」

「このたびはおめでとうございます。王子ご夫妻の幸せを心からお祈り申し上げます」

意味のないじゃれあいをしていたら、マーダー卿が言祝ぎを述べてくれて、俺とヴァンデルは少し反省した。

「ありがとう、マーダー卿。その後、どうですか」

場を仕切り直すつもりで咳払いし、そう尋ねると彼は深く頷いてくれた。

「現在、居住区の者には定期的に健康をチェックさせるようにしています。特にカリスを多く食べる者には」

「健康診断ですね。すばらしい」

シトエンが華やいだ声を上げる。マーダー卿は、ぴくぴくと口の端を少しだけ震わせた。どうやら彼なりに照れているらしい。褒められたのが嬉しかったようだ。

「この病に関してはミラ皇国も困っているんじゃないかと思ってな。現在、情報提供をおこなっている」

ヴァンデルが俺とシトエンを交互に見て話をする。

「お人よしだな。情報をタダでくれてやるのか?」

俺は唸る。「はは」とヴァンデルが乾いた笑い声をあげた。

「それ相応のものを、ぼくは狙っているよ」

おいおい、なんか目が怖いよ。

「その結果をご報告できるのが楽しみですな」

吸血伯爵とマーダー卿が嬉しげに語り合うのを俺とシトエン嬢はひきつった笑みで見る。怖い怖い。なんか企んでる、このふたり。

そのとき、時間を測っていた侍従たちが会場から姿を現し、「どうぞ中へ」とヴァンデルたちに声をかけた。

中では両親である国王陛下夫妻と、兄である王太子夫妻が接待をしてくれているはずだ。

「それではまた、のちほど。ああ、シーン伯爵領では部下が現在祝いの鐘を鳴らしております」

マーダー卿が深々と頭を下げてくれる。おお、なんか嬉しい。俺はリーゴを思い出した。彼は元気だろうか。嫁さんと仲良くやれよ。

「そうだ。あいつらをさっき見たぞ。次あたり来るはずだ」

会場内に入りながらヴァンデルが言う。

「誰だ？」

「アリオス王太子と女」

それだけ言い、意味ありげに笑って会場内に姿を消してしまった。

「あー……」

つい、声が漏れた。

そうだよ。俺も父上も「やめろ」って言ったのに母上が呼んだんだ。

『ほほほほほほ。見せつけてやればいいのよ。幸せになった姿を』って邪悪な顔で。

ついでに王太子である兄も、『はははははは。やってやれ、母上』ってけしかけて……。あのふたり、そういうところも似てんだよなぁ。

「その……ほんと申し訳ない」

頭を下げると、シトエンが驚いたように目を丸くする。

「なぜ謝るのですか？　いいではないですか、サリュ王子」

くすり、とシトエンは笑う。

「幸せなところを見ていただきましょう」

あー……。母上とうまくやっていけそう、この子。

「カラバン連合王国ルミナス王国アリオス王太子とメイル〝嬢〟」

呼ばわる声に、おや、と思った。

ちらりとシトエンに視線を走らせると、彼女も長いまつげをぱちぱちさせて俺を見上げている。

王太子妃メイル、ではない。

ということは、まだノイエ王はふたりを認めておられないということか。

足音が聞こえてきたので、姿勢を正して廊下の先を見る。

ヴァンデルみたいなやつばかりが祝福に来てくれればいいのに、面倒なやつらのほうが多いんだから、ほんと嫌になる。つくづく自分が長男じゃなくてよかったと思う。王太子って大変だなぁと心の中でぼやいた頃には、目の前に見覚えのあるふたりが立っていた。

「このたびは、おめでとうございます」

アリオス王太子は短く言祝ぐと、礼儀正しく頭を下げる。言葉はこちらに合わせ、ティドロス語だ。

なんだやればできるじゃん、と俺は認識を改める。ただの阿呆な王太子ではなかったか。

服装だってそうだ。一国の王太子らしく、慎み深いものだった。

あちらの国でも王太子は軍事と深く関わるのだろう。陸軍の軍服に身を包み、勲章を胸にぶら下げていた。そもそも、外見は非常によい。父上から聞くところによると、頭もいいのだそうだ。内政もうまくやれそうなんだが……。

「きゃあ！　素敵！」

あまったるいカラバン共通語が聞こえてきて視線をそちらに向けた。

アリオス王太子の隣。シトエンの真ん前にいたメイルはいきなりシトエンに抱きついてきた。

がちゃりと物騒な音がして、慌てて会場側と俺の背後に指示を飛ばす。

「よせ！　挨拶だ、挨拶！」

突如王子妃に近づいてきた無礼者に対し、威嚇のために騎士たちが飛び出してくるのは当然だ。

披露宴会場とはいえ、警備はいる。

今は大丈夫だが、数カ月前にシトエン嬢は狙われていたのだ。今日のような大勢の人間が宮廷にやってくる場合は特に気が抜けない。

俺だって、念のために軍服の下にプロテクターをつけている。ただ、祝い事の場ではあるから、来客の目につかないところにいろいろ配置されているだけだ。

「え⁉　なになに⁉」

メイルがシトエンにしがみついたまま、怯える。

いや、こちらからしたら挨拶もなしに抱きつくやつがいるか？と言いたい。

「なんでもありませんわ。メイル嬢、お久しぶりでございます」

シトエンがなだめるように、自分にしがみつくメイルの背を撫でる。言葉だってメイルに合わせてカラバン共通語だ。寛容だなあ。もっと惚れた。

「メイル、まずは挨拶だ」

アリオス王太子が小声でメイルに呼びかける頃には、騎士たちも持ち場に戻っていた。

いやほんと、そういうのをちゃんと学ばせてから来いよ。あのヴァンデルでさえ、挨拶してからハグしてきたぞ。

「はぁい」

メイルはにこりと笑ってシトエンから離れると、ててて、と距離を取った。その後、優雅に礼をしてみせるのだが。

はは、俺はなにをみせられてるんだ。

あの女、挨拶くらいで自慢げな顔をしてやがる。褒めるべきなのか？　いや、おかしいだろう。メイルはもう十代後半だったはず。あのな、こういうのを見て「よくできましたね」と言われるのは、年齢が一桁までだ。しかしアリオス王太子が「褒めろ」と目で訴えてくる。なんだこいつら。

「ごきげんよう、メイル嬢。ようこそティドロス王国へ」

意地でも褒めないぞ俺は、と引きつった笑顔で声をかけた。

「ごきげんよう、くまさん」

くすり、とメイルが嗤う。俺の異名を覚えてやがった。なんとかして記憶を改ざんできる方法はないものか……。

俺からするりと視線をかわすと、メイルはシトエンに笑いかけた。

「シトエン様、素敵なドレスですぅ」

「ありがとうございます」

シトエンが微笑み返す。まあ、女同士のほうがあれか。うまくやれるんだろうか。

「そのざくろ石も素敵！　シトエン様にはもったいないぐらい！」

前言撤回だ!!　大事な俺の妻に喧嘩売りやがって！

俺が一歩前に出ればさすがにアリオス王太子が止めに入るかと思ったのに、逆に睨みつけてきやがった。

いいぜ、その喧嘩買ってやるよ。実戦経験もないくせに軍服着やがって。

「ええ、そうなんです。タニア王からの贈り物で」

シトエンの声が俺とアリオス王太子の間に滑り込んできた。つられるようにシトエンに顔を向ける。

彼女はメイルにざくろ石のネックレスがよく見えるように前かがみになっていた。

「そちらは鉱物の売買が停止されたとか。もう二度とこのような最高級の鉱石がルミナス王国に入ることはないのでしょうか……？　心配ですね」

ぽかん、とメイルがシトエンを見ている。

それはアリオス王太子も同じだった。

さっきまで噛みつかんばかりの顔つきで俺を睨みつけていたのに、今は唖然とシトエンを凝視している。

これが本当にあのシトエン・バリモアなのか、と。

「なんなら、うちが売ってやってもいいが」

俺は腕を組み、アリオス王太子に微笑みかける。

「タニア王国から買い付け、そちらに転売するという方法で。メイル嬢にプレゼントされてはどうかな」

メイルに似合えばな、このネックレスがぁ！！！

心の中で言ってやった。

しん、と場が静まる。

アリオス王太子は俺を再度睨みつけ、メイルはシトエンを上目遣いに見て唇を噛んでいる。

その中を侍従が「会場へどうぞ」と声掛けにきた。

「のちほどまた、商談でお伺いしましょう」

俺は言い、それからシトエンがあいつらの視界に入らないように立つ位置を変える。

ふたりが会場に入る直前。アリオス王太子と目が合った。いや、多分あいつはシトエンを見ようとしたのかもしれない。

「ずっと、騙していたんだな」

騙す？

誰が、誰を。

目をすがめていたが、すぐにシトエンのことが気になった。彼女にも聞こえたかなと思ったが、どうやら聞こえなかったらしい。小声だったからだろう。俺にしか聞こえなかったし、口の動きも見えなかったようだ。

シトエンと目が合う。

「……………や、やっぱり」

ぷ、と小さくシトエンが吹き出すからなにかと思えば、肩を震わせて笑っている。

「やっぱりサリュ王子は王太子殿下の弟で、王妃様のお子様ですわ。よく似ていらっしゃる」

「似てないよ。俺は言わなかったからね？」

そこは念を押す。

「メイル嬢に、この宝石はまだ荷が重いんじゃないかって」

口の悪さに呆れられるかと思ったのに、一斉に笑い声が聞こえてきて驚く。

周囲を見回すと、警護の騎士たちだ。武具を鳴らして笑うから憮然としているのに、シトエンがいたずらっぽく目を細めた。

「皆さんも同意見のようですよ」

◇◇◇◇

こんなはずじゃなかったと、アリオスは下唇を噛んだ。

結婚披露宴の食事会は終了し、今は会場を移して歓談となっている。

会う人会う人、皆がシトエン・バリモア。いや、今やティドロス王国第三王子妃となったシトエンを褒めそやしていた。

お世辞ではないことぐらい、アリオスにもわかる。

なぜなら、皆、シトエンのいないところで彼女を褒めているからだ。

いわく、領民が苦しむ病をたちどころに治して国に益をもたらした。

いわく、あの気難しいティドロス王妃と王太子妃に気に入られ、我が子同然に可愛がられている。

いわく、話せない言語はないのではないかといわれるほどの才媛。

そしてなにより。夫となるサリュ・エル・ティドロスに溺愛され、その配下の騎士団に女神のように扱われている。

「よい妃を迎えられたものだ」

「王太子は国をがっちり支えているし、サリュ王子は武に秀でておられる。それに、隣国に婿にいかれた第二王子の外交力はなかなかのもの。ティドロス王国は安泰だ」

そうして誰もがシトエンの元に行き、取り入ろうと愛想笑いを浮かべて言祝ぎを述べる。

ルミナス王国にいたときとはまるで違う。

彼女はアリオスの屋敷に閉じこもり、社交界の場に連れて行ったときでさえ、アリオスから離れてこそこそと高齢の女たちを相手になにかやっていた。高慢ちきで、すぐに自分の位を笠に着て、メイルに意地悪をする。

シトエンは、そんな女だったはずだ。

「しかし、幸せそうですなあ」

「政略結婚だろうが、こんなに仲のよい夫婦もまた珍しかろう」

アリオスのすぐ前を横切ったどこかの王族が微笑ましそうに言う。

それもまた腹立たしいひとつだった。

わたしの前では能面のような顔をしていたくせに。

ぎり、と奥歯を噛み締め、会場中央にいるシトエンを睨みつけた。

サリュ王子の腕を取り、彼女は目を細めて微笑んでいる。サリュがなにか言ったようで、それに対して口元を隠しておかしそうに笑った。

その顔を見て、ふと思い出す。

まだシトエンがルミナス王国に来た当初は、あのように笑っていたような気がする、と。

『アリオス王太子』

優しげな声でそう言い、自分に対して微笑みかけてくれていた。

だけど。

『あの服の下って、とかげみたいなうろこがあるんですって』

鼓膜を撫でるのは、甘ったるく舌足らずなメイルの声。

シトエンの首から下はびっしりとうろこの竜紋が施され、まるでとかげ人間のようなありさまなのだといつの間にかそう思うようになっていた。

『王太子殿下は、ご覧になられたのですか』

宰相が冷ややかに問うたとき、答えられなかった。

なぜならアリオスは見たことがなかったからだ。

アリオスはずっと、気持ち悪い女だと思っていた。思い込んでいた。

だが、今ノースリーブのドレスからすらりと伸びるシトエンの腕のどこにも竜紋なんてない。大きくひらいたデコルテには、鮮やかなざくろ石が輝くだけで、竜紋はどこにもみあたらない。

喉にも、鎖骨にも、背中にも、腕にも。どこにもない。

『さくらの花弁ほどの竜紋が、ふたつ』

宰相はそう言っていた。

多分それが本当なのだ。

ならば自分が信じていたのは、なんだったのか。

「そういえば、あの姫は以前どこかで婚約破棄になったのではなかったか」

すぐ近くでそんな声が聞こえ、アリオスは身体を硬直させた。

「そんな噂を聞いたことがあるな。正式な婚約はまだだったが……国は離れたはずだ」

「なにゆえ、あのような美姫を」

「さあ。なにか醜聞《しゅうぶん》でもあったのかな」

ひそひそと聞こえる声。数カ月前ならアリオスは聞き流していただろう。

悪いのはシトエン。メイルに意地悪をし、未来の王太子妃であるという自覚を忘れて公務もせず、屋敷に閉じこもっていた女。

そんな醜聞のことだろうと思っていたに違いない。

だが。

「醜聞、か。相手の男が……ふふ。女好きとか？」

「くく。そうだろう。女癖が悪く、見限られたのでは？　ほら。タニア王は潔癖な方だ。竜紋を持つ娘を授けたのにないがしろにされれば……なあ？」

もはやアリオスはいたたまれなくなり、呼吸さえできない。

父はきっと、これを聞かせたかったのだ。

身をもって恥を知れ、と。

「王太子殿下ぁ」

舌足らずな声で呼びかけられ、アリオスは我に返った。

メイルがつまらなそうに口を尖らせ、上目遣いにこちらを見ている。

「誰かカラバン共通語が話せる人はいないんですか？　誰ともおしゃべりができなくてつまらない」

「そうだな」

アリオスは目を細め、彼女の頭を撫でてやる。

外国語は不得意らしい。家庭教師をつけてもまったく上達していない。アリオスは別にそれでもいいと思っているが、宰相や外務大臣などは目を吊り上げて怒っている。

可哀想なメイル。自分が妻に、と望んだばかりに苦労をかける。

お前はどこまでこの醜聞に関わっているのだろう。

アリオスは知りたくない。メイルは無垢なのだと信じたい。

「殿下。そのままでお聞きください」

不意に背後から声をかけられる。

ティドロス語でも、カラバン共通語でもない。ルアー語だった。しかも、今では聖書ぐらいにしか使われていない古語のほうだ。

「シトエンを庭に連れ出してください。あとはこちらで」

言われた通り、アリオスは身体を動かさなかった。ただ、瞳だけ右に移動させる。

背後にいた人物は執事の装いをしており、手にはシルバートレイを持っていた。あの顔には覚えがある。

(清掃人……)

ルミナス王国でおもに暗殺を請け負う人間だ。

アリオスは宰相の言葉を思い出す。

『手は打ってございます』

『我が国のものにならないのなら、誰のものにもならないようにすればよろしい』

あれはシトエンを暗殺するということなのだろうか。

ごくり、とアリオスが生唾を飲み込むと、隣にいたメイルが不思議そうに首を傾げた。

「なにか話しかけられたんですか?」

外国語がわからないメイルはきょとんとしている。

「なんでもない。さあ、そろそろ我々もあのふたりに挨拶にいこうか」

アリオスは笑顔を浮かべ、左肘を彼女に差し出した。

「あのふたりならカラバン共通語で話してくれるよ」

「そうですね! シトエン様は外国語がお得意ですもの。あたしに合わせてくださいますわ」

満面の笑みを浮かべるメイルを連れ、ゆっくりとアリオスはサリュとシトエンに近づいて行った。

俺は作り笑いを貼り付けて、次から次へと来る客に挨拶をしていく。もう、表情筋が崩壊しそうだ。

だけど、やめるわけにはいかない。自分の結婚式に来てくれてるわけだし、客の接待ぐらいしなくては。

シトエンは大丈夫かな、とシャンパンを一口飲むふりをして彼女を見る。

俺の斜め前にいる彼女は貴賓と話をしているが、特に変わった素振りもなく、むしろ楽しそうだ。

疲れなければいいけど、とちょっと心配になる。

もうすぐお開きとはいえ、このあと一緒に寝るわけだし……と、するーっと考えて。俺は顔が爆発するんじゃないかと思うぐらい熱くなる。

いやいやいやいや！

そりゃ、疲れることではありますけど!!

このあと、疲れるようなことをするのを期待しているんですけども！

そのために、今ゆっくりしてくれとか考えてませんからね!!

これは公務!!　公務を疎かにして、そのあとの初夜に力入れてどうすんだ、俺!!

がばりとシャンパンを飲み干し、ついでに首をぶんぶんと横に振る。

散れ、妄想！　どうしようもねぇな、俺!!

ああ、だめだだめだ、とグラスを持っていないほうの肩をぐるりとまわす。

途端に、肩甲骨の外側をなにかが擦り、軍服の内側にベスト型のプロテクターを着ていたと思い出す。

今まで気にもしていなかったけど、妙な考えを起こしたせいか暑くて仕方がない。

そろそろ披露宴も終了間近だ。あと、一時間というところだろう。

今のところ怪しい影はみえないし、そもそも王都に戻ってからシトエンは誰にも狙われていない。

「やあ、失礼。少しよろしいかな」

そんなとき、ふと声をかけられた。次はどこの誰だと目を向けた途端、「げ」という声が漏れた。

そこにいたのは、アリオス王太子とメイルだ。

俺はしかめた顔を隠すために、近くの執事に空のグラスを返して急いで作り笑いを浮かべた。

「ええ、どうぞ。アリオス王太子とメイル嬢。今日はお疲れでしょう」

どうせティドロス語はわからないだろうし、とカラバン共通語に変えた。

途端にメイルが「はわわああ」と奇声を発する。

「もう、カラバン共通語ってだけで、くまさんがかっこよくみえる！　ようやくおしゃべりできますわ！」

さっきのは、いうなれば感嘆の声だったらしい。俺は苦笑いする。

「それはよかった。人語を解する熊ですがね」

もうやけくそだと応じると、いきなり俺の手を握ってきやがった。

「でも、可愛いくまさんですわ」

そう言って笑うのだが。それ、媚び売るときの顔だろ。

反射的に手を振り払い、つい顔が険しくなった。

「ですが、熊は熊ですよ。気安く触れて、どうなっても知りませんからね」

「まあ、怖い。森に迷った娘のように食べられちゃうのかしら」

上目遣いで笑みを見せるから、背筋がぞわっとする。

「申し訳ない。現在、王太子妃教育中なんだが」

愕然とする俺とねっとりとした笑みをむけるメイルの間に、アリオス王太子の声がさらりと流れてくる。

「どうにも人懐っこくてね。困ったものだ」

アリオス王太子は言うなり、メイルの腰に腕を回して自分のほうに引き寄せる。

「ははははは。大変そうですね」

口から出たのは棒読みの台詞だった。教育係に同情するよ。

「先生たちは難しいことばっかり言うんだもの。あたし、疲れちゃった」

ぷう、と頬を膨らませてメイルは言うが、そんなものは知らん。

アリオス王太子が「そうだな。よくやっているな」と頭を撫でてやっているのを見ながら、このふたりとの会話はさっさと切り上げようと心に決める。

「それではどうぞ、心ゆくまで楽しんでください」

「ところでシトエンはどこだろう」

表情筋を駆使して満面の笑みを浮かべて会釈をしたというのに、アリオス王太子の野郎がそんなことを言い出した。空気読めよ、おい。

「あ！　あそこにいるわ！　シトエン様ぁ」

やめろシトエンを巻き込むな、と制する前にメイルがシトエンに盛大に手を振った。

貴賓との会話はもう終盤だったらしい。互いに言葉を交わして別れ、シトエンは笑顔でこっちに来てくれた。

「ごめん。そっちは大丈夫だった？」

シトエンの腰に腕を回して耳元で囁く。

「大丈夫です」

にっこりと返してくれる。天使だ、天使が俺の隣にいる。

「シトエン様ぁ。あたし今ね、王太子妃になるために教育を受けているんですが、これがもう本当につらくって」

しょぼくれた様子でメイルが訴える。

全然共感できないと俺は冷めた目でメイルを見るが、シトエンは優しい。

「まあ、そうですか。それは大変ですね」

シトエンは、すぐにカラバン共通語に変えてメイルをいたわる。ついでに、俺の背中に腕を回してさらに身体を密着させた。なんかちょっとうれしいと同時に、ほっとする。

「少し話がしたいんだが……庭に出ないか？」

アリオス王太子はちらりと庭に続くガラス張りの観音扉を見た。

庭にはすぐ出られるようにはなっているが、面倒だなというのが正直な気分だ。

宴もたけなわ。お開きの準備もある。いつ侍従や文官に声をかけられてもいいように会場内にいたいのが本音だ。

「まだメイルは外国語が不得手なんだ。各国の王族にそういったことを知られるのは……」

俺が返事をしないからだろう。アリオス王太子は言いにくそうにそう伝えた。

なんとなくシトエンと顔を見合わす。

……まあ、そうだな。

会場内でこうやって喋っていたら、「どういう教育をなさっているのかしら」と言われかねないだろう。

「わたしは構いません」

シトエンが微笑んで頷く。「ありがとう」と、俺が言うより先にアリオス王太子が言うもんだから腹が立つ。

むっとしながらも、俺はシトエンに左肘を差し出した。

「では、庭を案内しましょう」

そう声掛けをしてアリオス王太子に背を向ける。庭に続く扉に向かって歩いていると、シトエンが顔を寄せてきた。

「いったい、なんの話でしょう」

シトエンの訝しげな顔に、俺も苦笑する。

「『今までのこと、ごめんね』ではないとは思いますよ」

「それは長年の付き合いで、サリュ王子よりよく存じています」

互いに顔を見合わせ、くつくつと笑う。

「庭に出る」

観音扉の前にいる侍従に声をかけると、静かに扉を開いてくれた。

ふわりと夜気を帯びた風が顔に吹き付けてきた。気持ちがいい。日中は汗ばむこともあるが、王宮の周囲を取り囲む堀のせいなのか、夏でも夜は比較的涼しく感じる。

ふたりがうしろからついてきているのを確認し、さてどの辺りまで歩こうかな、と考えた。

「そういえばシトエン、ガゼボまで行ったことないよね？」

「ガゼボ、ですか？」

俺を見上げて小鳥のように首を傾げる。ああ、可愛い……。

彼女はまだここに来て日が浅い。

王宮の敷地内に俺の屋敷はあり、彼女はそこで生活しているが、結婚式の準備だなんだと忙しくしていることもあって、宮廷の建物内についてはまだ知らないことも多い。

「今の時期、バラがきれいなんですよ。見てみますか？」

俺の提案にシトエンは嬉しそうに頷いてくれた。よし、ならば行こう。

「少し歩きますが、バラが咲いているガゼボがあります。いかがですか？」

振り返り、アリオス王太子に声をかけると彼は鷹揚に頷く。

「参ろう」

そう言って腕を組んでいるメイルを促し、俺たちに並んだ。

「随分と仲がいいんだな」

不意にアリオス王太子がそんなことを言うから、ぎょっとした。

いきなり親し気じゃねえか、と思ったら。なんのことはない。やつはシトエンに話しかけていた。

「ええ。サリュ王子にはよくしていただいています」

シトエンが微笑みを崩さずに応じる。

「それは皮肉か」

アリオス王太子は片頬をゆがめた。

「ルミナスにいるときとは、なにもかも違うそうじゃないか。なぜわたしには隠していた」

「ティドロスでは状況が違いますもの」

よどみなく話すシトエンに、俺よりもアリオス王太子が驚いている。

「わたしがなにをしたというんだ」

アリオス王太子がシトエンを睨みつけるから割って入ろうとしたのだけど。

「王太子殿下はなにもなさいませんでしたわ。ただ、信じたいものを信じただけでございましょう」

シトエンがすげなく返している。

俺は呆れていた。あれだけ公の場で一方的に攻撃しておいて、よくそんなこと言えるな、と。

「未練でもあるんですか、シトエンに」

「未練など！」

憤然とアリオス王太子が言うけれど、はたから見たらそうなんだよなぁ。

「ねえねえ、シトエンさまぁ」

一番端っこにいたメイルがアリオス王太子の肘から手を離し、ててて、と近づいて強引にシトエンとアリオス王太子の間に割り込んできた。

「すっごくすっごく、サリュ王子と仲良しなんですね」

空気も読まずにこにこ笑顔で話しかけてきた。

「そう……ですね」

ちらりとシトエンが視線を向けるから、そこははっきり言ってくれと頷いて俺も口を開く。

「俺とシトエンは仲良しですよ」

ふうん、とメイルは人差し指を立て、その先端を自分の唇に押し当てる。

「アリオス王太子と婚約破棄して半年ですよね？　よくそんなに次々と好きな人が変えられますねぇ」

メイルは鳶色《とび》の大きな目を細め、俺とシトエンを交互に見る。

「またすぐにサリュ王子以外の人を好きになったりして」

聞いた途端、俺は唖然とした。

なんだこの女。

本当に将来の王太子妃にしていいのか？

いやそりゃ、なんの権力もない王太子の愛妾程度ならいいけれど。この女、今から王太子妃になろうとしているわけだろう？

これは荒れる。社交界が絶対荒れるし、宮廷内がえらいことになるぞ。

「わたしはアリオス王太子をお慕いしていました」

静かにシトエンが口を開いた。相手にしなくていいって、と言いたくなる。放っておけと。

だけどシトエンは、ちらりとメイル越しにアリオス王太子を見る。

「国同士が決めたことですが、わたしはわたしなりにアリオス王太子に誠意を示したつもりでした。ですが、わたしの不徳のいたすところなのでしょう。気持ちは伝わらず、距離は縮まることなく、このような結果となってしまいました」

「お前はわたしを愛していたとでも言いたげだな」

シトエンはなんともいえない笑みを口の端に乗せていた。

「わたしはアリオス王太子に対し真摯であろうとしました。ですが、王太子がそれを拒否なさったのです。聞きたいものを聞き、見たいものを見た結果ではございませんか？」

痛いところを突かれたとばかりに、アリオス王太子が顔を顰める。

「ただ、結果的にわたしを手放してくださったことには感謝しています。おかげで、サリュ王子という素晴らしい王子に……。その」

シトエンが口ごもるから、なんだろうと俺は視線をシトエンに向ける。

暗がりでもわかるほど、シトエンは顔を真っ赤にしている。

「愛する人に巡り合うことができたのですから」

目を見てはっきりと言われ、俺もなんだか顔が熱くなる。

「いや……その、ほんと。アリオス王太子には感謝しかありませんな」

はは、と笑うと、すごい顔で睨まれたがなんとも思わない。むしろ優越感すら覚える。

俺、愛されてるし！！！！

「サリュ王子、サリュ王子」

気づけばメイルはちょろちょろ動き、俺の腕を取って引っ張る。

「な、なに」

いや、王族に対してこの行動はないぞ、お前。

特に今は隣にシトエンがいるのに、なんで反対側にお前がぶら下がろうとするんだ。

「シトエン様の肌にはうろこがびっしりあるのよ。驚かないでね」

こっそり、とばかりにメイルは言う。

俺は確信した。

こいつだ。アリオス王太子に偽情報を流し込んだのはメイルだ。

あの日「お前のようなものが」と言わしめた原因は。

「いいか?」

俺はにっこり笑うと、ぐいとメイルに顔を近づけた。

「嘘をつくやつはいずれ相応の地獄をみるぞ」

鼻先が触れるぐらいの距離で、低い声で唸ってやる。

この教育的指導が効いたらしい。

メイルは慌てたようにアリオス王太子の元に駆け寄り、彼の左腕にしがみついた。

なにか必死に訴えているが、知らん。先に無礼を働いたのはメイルで、アリオス王太子もその非はわかるだろう。なだめているが、メイルは納得していない。言葉の断片だけが聞こえてくるが、「あいつを叱って」とか言っている。

思わず足を止めると、アリオス王太子がため息交じりに前髪を掻きむしった。

「申し訳ない。ちょっとメイルが疲れたらしい」

「そうじゃない！　あのね、アリオス王太子！」

苛立ったように俺を指差し、今度ははっきりと言い切った。

「あいつ、悪いやつなのよ！　あたしを怖がらせるんだもの！」

……………お前、ほんとすごい女だよ。もう、言葉も出ないわ。

「一度会場に戻って飲み物を取ってくる。ここで待っていてくれないか。……ほら、メイル」

アリオス王太子は舌打ちをし、メイルの腕を掴んで元来た道を戻り始めた。

だが、不満が解消されていないメイルはひどい興奮状態だ。きぃきぃ言いながらも、アリオス王太子に引っ張られて屋敷のほうに引きずられていく。

「……あんなので大丈夫なんですかね」

俺はアリオス王太子の背中を見ながら呟く。

ツツジの生垣を超え、メイルをなだめながら小道をゆっくりと歩いている。

「ルミナス王家には優秀な教育係がたくさんいらっしゃいます。大丈夫でしょう」

シトエンは答えるが、語尾はため息に消えた。

まあ。他家のことだしな、とシトエンに視線を移動させようとしたとき。

視界の端っこでアリオス王太子が妙な動きをしたことに気づいた。

俺は動きを止める。

アリオス王太子は今はもう前を向き、とぼとぼと歩くメイルを腕に掴まらせて、もう少しで観音扉をくぐろうとしているところだった。

だけど一瞬、あいつは顎を上げてなにかを見た。

方向的に西だ。生垣の先。

俺は首を巡らせる。

今日は来客が庭も楽しめるように開放されていて、かがり火は至る所に用意されているがあくまで演出用だ。視界は十分じゃない。薄闇に乗じて賊が混じっていてはかなわないので人目にはつかないが警護用の騎士も幾人かいるはずだ。

物陰に隠れているが、ラウルもこちらの様子を窺っているのは知っている。

……あいつの場合、俺がシトエンに手を出さないように見張っているのかもしれない。

というのも、まだしつこく「寝室に入るまではなにもするな」と言い続けているから。

「どうしました？」

庭の様子を確認していたら、シトエンが尋ねてきた。視線をおろして俺の左肘をとる彼女を見る。

きょとんとした顔。それが可愛いのなんの。

一瞬で唇がほころんだ。

「いや、なんでも」

ありませんよ、と答えようとした瞬間――。

俺の左腕がグイと下に引っ張られる。いや、そんな生易しいものじゃない。腕ごと持っていかれそうになる。

がくんと身体が傾いたと同時に、シトエンの悲鳴が上がった。

「シトエン！」

彼女はうつぶせに倒れ込んだまま、すごい勢いで庭木の中に引きずり込まれている。

「シトエン！」

その姿は最早、生垣の中に消えた。

俺は佩剣の柄を握りしめ、前かがみに飛び出す。

パンと頭の奥でなにかが破裂する音がして、熱の粒子が怒涛に身体を巡る。ギリっと奥歯を噛み締めた。

視界が澄み渡り、薄闇の中で対象物だけが白く浮いて見えた。

生垣を跳躍しながら鞘《さや》から剣を引き抜き、振りかぶった。

眼下、芝生の上。

シトエンはうつぶせに押さえつけられている。

足を捕らえている男がひとり。

頭側には俺に背を向ける形で男がひとり、抜刀してシトエンの首を刎《は》ねようとしていた。

着地するより先に、抜刀している男の首に剣を叩きつけた。

身体を傾けどっと上がる血しぶきを避ける。ぴ、と一粒だけ血が左頬に付き、思わず舌打ちをした。

「どけ！」

必死にもがく彼女の上に俺が斬った男が倒れ込もうとするから、蹴りつけて軌道を変えればドンと重い音が聞こえた。

「シトエン！」

芝生の上に倒れたんだろうとは思うが、確認している暇はない。

噴水のように湧き上がる血の向こうで、彼女の足を押さえていた男が小刀を腰から抜き、シトエンの背に刃を立てようとしている。

シトエンは逃げ出そうとしているようだが、間に合わない。

俺は身体を起こそうとしている彼女の上に覆いかぶさる。べしゃりと俺の腹の下でシトエンが再び地面にうつぶせになった。

「サリュ王子！」

悲鳴と、背中の痛み。それから、重さは一斉にやってきた。

「……くっ！」

背中の上で男がうめく。

どうやら、俺が服の下に着用しているプロテクターに小刀の刃が食い込んで動けないようだ。なにしろ、刃はプロテクターを貫通して俺の背中にまで切っ先が届いている。

「サリュ王子！　サリュ！」

腹の下でシトエンがもがく。

「じっとして！」

俺は言い、強引に立ち上がった。

刃を抜こうともがいている男がよろめいて体勢を崩す。

ブルンと水を振るう犬のように胴体を揺り動かすと、男が俺の身体から離れた。

そこを思い切り蹴りつける。

「どいて！　団長！」

背後からラウルの声が聞こえ、とっさに身体をよじる。

俺のすぐきわを剣が通る音がしてラウルが飛び込んできた。刃はまっすぐに男の肩を強襲し、夜闇に赤い花のような血が噴く。

「……ちっ」

男は肩を押さえ、そのまま逃走する。

「追え！」

ラウルが騎士たちに声をかけ、それに従う者に俺は慌てて声をかけた。

「大事にはするな！　まだ披露宴の最中だ」

聞こえたのかどうなのか。騎士たちは一瞬だけ俺のほうを見たものの、ガチャガチャと拍車を鳴らして去って行った。

だから、その騒がしい音をどうにかしろ！と怒鳴りたいのを堪え、視線をシトエンに向ける。

彼女はまだ地面に尻をつけて座り込んだままだった。

呆然と目をまんまるにしているけど無事だ。怪我をしている様子も痛がっている気配もない。ほっとして彼女に手を差し伸べようとしたらラウルに話しかけられた。

「どうします？」

ラウルが剣を振って血を飛ばし、鞘におさめながら小首を傾げ、芝生の上で絶命している男をつま先でつつく。

「これの身元を今から探りますか？」

「披露宴会場に賊が忍び込んで殺されかけたなんて末代までの恥だ。隠せ、隠せ。それよりも」

俺はラウルに背中を見せる。

「これ抜いてくれ」

「うわあ。服に穴開けてどうするんですか。まだ参列者のお見送りがあるのに」

「前だけ向いていたらわからないだろ。背中だし」

「えー……どうでしょう」

「あ、マント！　マントを着よう」

「おお、ナイスアイデア！」

パチリとラウルが指を鳴らし、ふたりで笑っていたら。

「背中を見せて！」

シトエンが絶叫した。

驚きすぎてラウルと抱き合ってしまった。

目の前ではシトエンが仁王立ちをしている。その姿はとんでもないことになっていた。

さっきは傷の有無しか確認をしなかったが、ドレスはボロボロ。うつぶせになったまま転がされ、引きずられたせいだろう。

スカートは破れ、ドレス全体が土で汚れてしまっていた。ざくろ石のネックレスが壊れず無事なのが奇跡に思えた。

「ひぃ!!　こちらもお見送りはどうするんですかっ!!」

「代わりのドレス!!　なにかドレス、どこかにあるか!?」

ラウルと俺があわあわと足踏みをしたら。

「あなた、刺されているのよ!?　なにを言って……！　なに言ってるの、バカぁ!!」

……バカ呼ばわりされた。

肩を落としていたら、ラウルが苦笑しながら俺から離れる。代わりにすごい勢いで駆け寄ってきたのはシトエンだ。

なんとなく抱きついてくるのかと思いきや、彼女は俺の背中に回りこむ。

シトエンを抱きしめようと伸ばした俺の腕はどうしたらいいんだ……。

「プロテクターをつけてるから、大丈夫だと思いますよ」

ラウルは言いながら、持て余した俺の腕をそっとおろしてくれる。いいやつだ。

「タオル！」

だけどシトエンは強い声を発する。

ラウルが「持ってない」とばかりに肩を竦めると、彼女は亀裂の入ったドレスを引きちぎった。タオルの代わりにするのだろう。

そのまま俺の背中に回り込んでなにかしているが、うめき声しか聞こえない。

「これはどうやったら抜けるの！」

どうやらナイフを引き抜こうとしているらしい。

「ラウル」

俺がそっと声をかけると、心得たとばかりにラウルが背後に回ってくれる。

その頃には、警備騎士たちがやってきて、驚きながらこちらの様子を窺っていた。

「ちょうどいい。会場からこっちが見えないようにお前たちで壁を作れ」

新郎の背中にナイフが突き立っていて、新婦がそれにとりついているなんて……どんなナイフ入刀だよ。

「サリュ王子。服のボタンを外しててください。ナイフを抜くと同時に血を押さえるので」

いや、多分そんなに傷は深くないよ？

ちらりと視線だけラウルに向ける。ラウルも苦笑いしているが、シトエンに歯向かう気はないらしい。

「はい。ボタンを外します」

俺も大人しくシトエンの指示に従うことにした。というか、上着よりプロテクターを脱ぐほうが面倒くさいな。

「抜きますよ」

ラウルが言い、背後でシトエンが構えている。血が噴いたら、布で押さえる気らしい。

ガタガタと何度か背中が揺れ、「よいしょ」とラウルが小刀を抜いた。

それに合わせて俺は上着を脱ぐ。

そのあとシャツを脱いでプロテクターを脱いでいると、じれったそうにシトエンが地団太を踏んでいるからめちゃくちゃ焦る。何人かの騎士が見かねて手伝ってくれて、ようやく上半身裸になった。

「………よかった」

振り返ると、シトエンが地面に座り込んで自分でちぎったドレスの切れ端を握りしめて震えていた。

「そんなに傷、ひどくないでしょう？」

シトエンは笑う俺を睨みつけ、手を伸ばしてバシと足を殴りつけた。

「笑い事じゃないの！」

「はい、すいません」

「前も言ったでしょう！　わたしを庇うのはやめて‼」

「いや、だけど。じゃあ見殺しにしろって？　それは無理だ。目の前で好きな女が殺されようとしているのに、なにもせずに逃げろって？　そんなのできない」

「自分の身は自分で守ります！」

シトエンが必死になって怒鳴ると、場が微妙な雰囲気になる。

いや、それは無理だろうと。

「どうしてなにもできないって思うのよ！」

むっとシトエンが口を尖らせる。目に溜まっていた涙がぽろりと落ち、なんだかすごく勝気な表情になっている。

「あの。この国で一番安全なのは団長のそばなんですから、そこでずっと守られていたらどうです？」

ラウルが愛想笑いを浮かべて言うが、キッと睨まれ口を閉じた。すげえ、ひと睨みで黙らせた。

「そうしてわたしの代わりに怪我するんですか、こうやって⁉　冗談じゃありません」

シトエンが燃えるような眼を俺に向けてくる。

「わたしのことはわたしがします！　もうこんなことしないって約束して！」

「じゃあシトエンも俺に約束して」

小さな彼女と目が合うように腰を屈める。

「約束？　どんなことですか」

「俺の教える護身術をちゃんと覚えること」

そう言うと、彼女はぱっと顔をほころばせた。

「ええ、もちろん‼　覚えます！」

「だけど、俺が『もうこれで大丈夫』って言うまでは、俺のそばを離れないで」

「……え？」

困惑したように首を傾げる彼女に、俺は口をへの字に曲げた。

「理由はわからないが、どうもシトエンは誰かに命を狙われている。今回の件で加害者があっさりと手を引くとは思えないし、これからも狙われるだろう。だから、自分で自分の身を守れるならそれに越したことはない。だけどね」

俺は子どもに言い聞かせるように、言葉を和らげる。

「俺が護身術を少し教えたところで、シトエンが護身術を使えるようになるとは思えない。ここにいる騎士たちだって、何年も何十年も訓練して今の技術があるんだ。シトエンだってそうだろう？　医療知識って一夜漬けで手に入れたのか？」

シトエンはおずおずと首を横に振った。

「だから、俺が『もうシトエンはひとりでも大丈夫』ってところまで護身術を教えてやるから。覚えるまでは俺の手の届くところにいてくれ。安心できないから。わかった？」

念を押すと、彼女はしぶしぶという風に首を縦に振る。

「それならよかった。では、シトエンは明日からうちの騎士団の見習いってことでみんなよろしく！」

俺は腰を伸ばし、壁を作っている騎士たちに声をかける。途端に、どっと笑いが沸いた。

「あ！　それ、いいんじゃないですか！」

ラウルが急に大声を上げる。

「なに。どれ？」

「服ですよ！　今から参加者のお見送りをするために団長は団服をどうにかしたらいいですけど、シトエン妃は予備のドレスなんてないでしょう？　破れちゃっているし」

言われて、あらためて俺はまじまじとシトエンを見た。いや、もう見るも無残。

「シトエン妃もうちの団服を着ればいいんですよ。嫁入りと同時に、うちの騎士団の名誉団員になったってことで！」

ラウルの言葉に「のった！」と、俺は指を鳴らした。


その数時間後。

シトエンは俺の寝室にいた。

「とんでもない披露宴になりましたね」

俺が笑うと、シトエンもくすくすと隣で笑った。

今はナイトウェア姿だが、つい数時間前まで彼女は騎士服姿だった。

『任命してください、父上』

シトエンが部屋の一室で騎士団服に着替えているあいだ、俺は披露宴会場に取って返し、父上である国王陛下に迫った。

『シトエンの服がボロボロで、今、騎士服に着替えているんです』

『……………意味がわからない』

頭を抱える父上と、何事かと目を丸くしている母上を披露宴会場の隅に引っ張り込み、賊に襲われたけれど無事なこと、でもシトエンのドレスが破れてどうにもならないこと、こんなときに命を狙われるなど、参加者に知られたら末代までの恥になることを伝えた。

『もうすぐ披露宴もお開きで、参加者の見送りに立つのにシトエンのドレスが間に合わない。俺の騎士団の新しい団員として騎士団服に着替えさせて見送りをさせるから、シトエンを騎士に叙任してください』

早口にそう迫ると、面白がったのは母上だった。

『ならば、この母がシトエン嬢を叙任しましょう。そうして、騎士団のスターとなるのです！』

……なんだかわけのわからないことを言い出した。

『楽しそうですな、母上』

そこに王太子が加わったものだから、もうどうしようもない。

『シトエン嬢がその知識を愚息の騎士団で存分に発揮したい、と表明いたしました』

そして、王妃である母上がいきなり披露宴会場で高らかに宣言した。

『今、この場で叙任をしたいと思います。皆さま、立ち合いくださいますか？』

満場一致の拍手。

その後は、もうてんやわんやである。

次兄が汗水たらして侍従や執事を急かし、壇上やローブを準備。

騎士団服を着たシトエンが王妃の前に進み出て片膝をつくと、その両肩に抜いた剣を押し付けて母上が騎士に叙任するのだけど……。

勢い！　母上、剣の勢いがすごすぎる!!

びゅん、びゅんとシトエンの肩に一回ずつ振り下ろすもんだから、父上は『ひぃっ』と叫ぶし、俺も『シトエン！　絶対にじっとしていろ!!』と悲鳴を上げた……。

母上と王太子だけがご満悦のように思えたが、パフォーマンスの派手さに参加者も楽しめたようで。

『これからのティドロス王国は明るいですな』

口々にそう言って帰って行った……。なんだろう、この余興感。これ、披露宴だよな……？

「あのあと、アリオス王太子にはお会いに？」

ベッドに座るシトエンが、子どものようにブラブラと足を揺すらせて俺を見上げる。

「いや……」

見送りをするため出口にシトエンと並んで立っていたのだけれど、とにかく人がごった返したため、判別できたのはヴァンデルぐらいだ。

あいつは呑気に片手をあげ、『またな、親友！』と言って帰っていった。ほんと、無駄に元気になったよな、あいつ。

「……アリオス王太子はなにを見ていたんだろう」

飲み物を取ってくる、と屋敷に入る直前。アリオス王太子は確かになにかを見ていた。

あの視線が気になって仕方ない。

「どうかなさいました？」

気づけば、シトエンが俺の顔を下から覗き込んでいた。

「いいえ」

俺は微笑む。

シトエンは無事。まあ、そのことは追々考えればいい。

そんなことよりも、俺たちがいるのは寝室だ。

「このあとのことを考えていました」

「このあと？」

可愛らしく小首を傾げるから、俺はそっと顔を近づける。

「ふたりだけで過ごす、誰にも邪魔されない夜のことですよ」

ささやくと、驚いたようにシトエンが上半身を起こした。

なんとなくその動きにつられて、彼女の肩を掴んでベッドに押し倒す。

まんまるに見開かれた虹彩に室内の明かりが差し込み、なんとも不思議な色合いだ。

しばらく鼻先がくっつくほどの距離で彼女の瞳を眺めていたのだけど、ほんの少しだけ照れたように彼女が顔を背ける。

それが合図のように、俺は唇を重ねる。

シトエンは俺の背中に手を回したのだけど、「あ」と小さく声を漏らした。

俺が唇を塞いでいたから、その声はこもり、妙な振動が伝わってくる。

「なに？」

「背中。痛くないですか？」

「痛くない」

俺は笑い、しゅるりと彼女の襟元を結ぶ紐を解いた。

そのまま手を中に滑り込ませる。柔らかで温かい肌。ふくらみに指を這わせると、シトエンがとろけるような声を漏らす。

襟をはだけると、胸のふくらみの際に竜紋が見えた。

なんだかすごく尊くて、それなのに愛らしい。

気づけば竜紋に口づけを落としていた。

「サリュ」

俺の頭を抱き、シトエンが名前を呼ぶ。「サリュ、大好き」と。

その言葉に身体中の血が沸いた。

一瞬にして熱い血が全身を巡って、戦いの最中に放り込まれた気分になる。

酒なんて飲んでないのに酔ったようで。彼女と唇をかわすたび、呼吸を飲み込むたび。歓びにぐらりと揺れる。

腕の中に彼女がいるのがまるで夢のようだ。

柔らかく甘く、しなやかで、国境の山々で出会ったどんな獣よりも美しく、気高く愛おしいシトエン。

ときどき、その痩躯を壊してしまいそうでひやりとしたが、彼女は俺に身体をゆだね、時折しがみつき、とろけそうな声を上げた。

途中からはほとんど記憶も曖昧だ。それぐらい、彼女に溺れた。

シトエンも初めて俺と深く繋がったときはつらそうだったものの、その後は何度も淡い吐息と濡れた声を漏らした。

そのままふたり。

とろとろといつまでも甘美な夜に溶け合った。

◆五章◆

俺の、
俺だけの愛しい人

数日後。

俺はシトエンに護身術を教えるため訓練場にいた。

シトエンは動きやすいように他の騎士と同じように団服を身にまとっているが、腰に剣はつけていない。どうも剣があると、重さのせいか彼女の姿勢が非常に悪くなるからだ。

まあ剣は使わないしな、とベルトを外して、代わりに布のサッシュベルトを腰に巻いてもらった。

……その、なんというか。

うちの団服は上着の丈が短いみたいで。身体のラインがそのままわかる、というか。

要するに、お尻から太ももの形がそのまんま出る。

そりゃあ、周囲はうちの団員ばかりだからじろじろ見るやつはいないけど、夫としては見せたくないわけで。

すぐにラウルに言ってシトエン用の上着の丈が長い燕尾服のようなデザインで団服を作ってもらっている。

仕上がるまでは、腰回りを隠すサッシュベルトを巻いてもらっているのだ。

「はい。じゃあ、手首を掴まれました。どうぞ」

俺は向かい合ったシトエンの右手首を、同じ右手で掴む。

さっき教えたのは腕抜き。

シトエンは、まず手のひらを下にして大きく開く。で、掴んだ相手……というか俺に向かって大きく一歩踏み込む。

同時に掴まれた腕の肘を緩く曲げる。だいたい、肘の高さは自分の腰の高さぐらい。

次に、踏み込んだ足を軸足にして、ぐるりと俺に背中を向ける。

そうしたら、掴まれた自分の手首を使った〝てこの原理〟で、あっさり相手の手が離れる。

離れるのだけれど……。

「えいっ」

なぜか腕を抜くときに、なんとも可愛らしい声で気合を発する。

えい、って。いや、言わなくてもあっさり抜けるんだけどね。

だけどこれが死ぬほど可愛い。

おもわず顔を両手で覆っていたら、「なにか間違えましたか？」とシトエンが俺の顔を覗き込んでくる。

いいえ、あなたが可愛すぎて悶え死ぬところでしたよ。

「ほらもう。イチャつくんだったら、どっか他の場所に行ってくださいよ。邪魔邪魔」

ラウルが背後から冷ややかな声を投げつけてくる。

不思議だ、なぜこの愛らしさが万人に伝わらないのだろう。あいつには人の心がないんだろうか？　あんなので嫁がもらえるんだろうか。

「だいたい護身術って、相手が男なら股間を蹴りつけるのが一番ですよ」

ラウルが最もなことを言った。いや、それを言ったら俺の指導が意味をなくすだろ。

「そうそう。それか、大きな声で助けを呼ぶ。これに勝る護身術はありません」

剣の稽古にきた騎士が割り込んでくる。

「シトエン様の悲鳴なら、誰よりも先にティドロスの冬熊がすっ飛んでいきますから、御身は無事でしょう。さ、だからそろそろ団長を返してください」

「そうです、そうです」

別の騎士までやってきて、俺に木刀を投げつけてきた。ああ、そうだ。剣の相手を務めてやるって言ったんだっけ。

「それでは意味がないんです。わたしはわたしの身を自分で守りたいんですから」

シトエンは随分と不満顔だ。

結局、まだ襲撃者の身元はわかっていない。鋭意捜査中というやつだ。

そりゃあ幾ばくかの術を覚えて、なにかあったとき俺が助けに入るまで時間を稼いでくれるのは助かるけども。

「ちゃんとシトエンに護身術は教えますよ。だけど、達人ほど自分の力量というものを把握しますから」

腰を屈め、シトエンと目を合わせる。

「もし、これはかなわないなという相手がきたら、迷わず俺を呼んでください」

それでも彼女はむすっとしているから、木刀を持っていないほうの手でぽすぽすと頭を撫でた。

「その代わり、俺が怪我をしたら大声でシトエンを呼ぶから。『たすけて、シトエン！』って」

そう言うと、ラウルが笑って「衛生兵ー」とおどける。

「……わかりました。その代わり、絶対危ないことはしないでくださいね。わたしだって魔法使いじゃないんです。治せない致命傷なんて、絶対に嫌」

ようやくシトエンが折れる。どうやら周囲の様子を窺い、俺をそろそろ解放しようと思ったのだろう。空気の読める子だなぁと感心していたら、ぐいと顔を近づけてきた。

「もう、ひとりになるのは嫌」

はっきりとそう言い切る。

ああ、と俺は内心苦笑いした。

「しない。シトエンをひとりにしない。絶対に」

俺はシトエンの頬にキスをする。

「君を庇って死ぬなんてヘマはしないから。だから」

シトエンを見つめて笑った。

「ずっと、俺のそばにいてくれ」

彼女は紫色の瞳にきれいな光を宿したまま、嬉しげに頷いた。

「もちろん。絶対に、絶対に離れない」

今度はシトエンが俺の頬にキスをする。
ああ、なんて幸せなんだろう。シトエンの顔を見て思う。
たとえ世界が変わって姿が変わっても。
身分を失って記憶をなくしても。
きっと俺は君を見つけるだろう。
そうして、また大事にするんだ。
絶対に、絶対に。
腕に囲って、キスをして。
怖いことからもつらいことからも君を絶対に守ってみせる。
君を守る。
君だけが、好きなんだ。
ずっと、ずっと。
どこにいても、どんなときも。
何度生まれ変わっても。

◆番外編◆

初めてのお茶会

夏本番まであと少しというある日。

長兄である王太子・レオニアスから警備の説明を受けながら庭を歩いていた俺は、軽やかな笑い声に足を止めた。

「シトエン？」

きょろきょろと周囲を見渡す。姿は見えないけれど、今の声は絶対にシトエンだ。

「冬熊じゃなく犬だな。シトエンの匂いでもしたのか？」

「いや、声が……」

王太子は揶揄うような笑みを浮かべ、持っていた警備計画書を丸めて庭園の一角を指した。

「よく聞こえたな。今日は母上が妻とシトエンを誘って茶会を開いている」

「なぜ⁉　なんのために⁉」

シトエンからはそんな話を一切聞いていなかった。

今日は俺が朝早くから宮廷に来ていたせいもあるかもしれない。

数日後にカラバン連合王国から使者が来るらしく、その対応について王太子と打ち合わせをしていたのだ。今も配置する人員の場所を確認するため庭にやってきたから、こうして偶然気づいたものの……。

「いつ決まったんですか、それ！　目的はなんですかっ」

あの母上と王太子妃との三人だけの茶会だなんて……危ない。危なすぎる。

母上は顔も頭もいいのだけれど、言動が時々ぶっ飛んでいる。その母上が手塩にかけて育てた王太子妃も……まあ、想像がつくだろう。

婚約中も結婚してからも、できるだけシトエンをふたりに近づけないようにしていたというのに。

なんだ⁉　嫁いびりか⁉　そうなのか⁇　ふたりしてシトエンをいじめるつもりか⁉

しまった、ラウルをつけておくんだった。

「母上が急遽思い立ったらしい。ほら、シーン伯爵領に出向いたとき、シトエンがガラスのティーセットを贈ってくれただろう。それを使ってみんなで茶を飲もうと……おい、そんなに心配することもなかろう」

なるほど、白いパラソルが立っているのが見える。執事やメイドたちも待機していた。

シトエンはあそこにいるに違いない。

背伸びをしたり、飛び跳ねたりして茶会の様子を見ようとしていたら、王太子に呆れられた。

「拉致監禁されたわけではあるまいし」

「似たようなものです！　あの母上が主催でしょう⁉　父上も一緒でないなら危険だ！」

こんなことならティーセットなんて購入させるんじゃなかった。そもそも、あの店でどれだけ俺は苦労したことか。ああ、忌々しい。鬼門だ。

「うちの妻もいるんだ。問題ないだろう」

「それも問題なんです！」

王太子妃・ユリアは、国内屈指の有力貴族であるタレーシアン公爵家のひとり娘だが、幼少の頃に両親が相次いで不審死した。公にはなっていなかったが、当時すでにユリアには王太子妃として白羽の矢が立っていたため、それを邪魔しようとしたやつの犯行ではないかと言われている。

本来であれば親戚筋で育てられるはずなのだろうが、母上が強引に王家に引き取り、王城内で手ずから育てたのだ。

……俺のことは、わりと早い段階で幼年兵学校や騎士団に放り込んだというのに。

ともかく、そうやって母上の薫陶《くんとう》を受けて育ったのが王太子妃。王太子の幼馴染であり、正妃だ。

少々ほんわかしているが、数カ国語をあやつる才女であることは間違いない。

ただ、ちょっといろいろ……のんびりしている。人よりも距離感近いところとか。

「そんなに心配なら、休憩がてら茶会に混じるか？」

王太子にため息交じりに言われて、ぶんぶんと首を縦に振る。正確には振りながらさっさと歩き出していた。

俺は腰をかがめて慎重に進み、ツツジの茂みに素早く身を隠す。「おい、どうした」と声をかける王太子の腕を強引に引っ張って一緒に潜ませた。

状況開始。

哨戒《しょうかい》ののち、シトエンの危機を確認したら素早く行動しなければ。

「それ、素敵なイヤリングですねぇ」

王太子妃の声が聞こえてきて、俺は茂みの間から視界を確保する。

丸テーブルを囲むように三人は椅子に座っていた。

「随分と透明度が高いと思ったら……まぁ、ガラスですの？　かわいいわぁ」

王太子妃がシトエンの顔を覗き込む。イヤリングに触れ、ぱちぱちとまばたきをして凝視している。

近いっ。近いぞ、王太子妃！　本ばっかり読んでるから近視なのか!?　もっと離れたって見えるだろう！　必要以上にシトエンに近づくなっ!!

心の中で怒鳴っていたら、王太子も俺のすぐそばでぼそりと言う。

「……距離が近いな、うちのやつ」

だよな！

「このガラスのイヤリングはサリュ王子がプレゼントしてくださったもので」

シトエンは微笑んで王太子妃に対応している。優しい……俺の嫁、尊い。

「まあ、サリュ王子が」

「なんと。サリュが！」

王太子妃はイヤリングから手を離して目をまんまるにし、母上は驚いたような声を上げるから、むっとする。ついでに、俺の隣で王太子もびっくりした顔をしていた。

「お前、そんな気の利いたことができるようになったのか」

「そりゃあ、俺だって……」

語尾が濁るのは、ヴァンデルに言われたことが発端だったからなんだが。

「このティーセットを購入したお店で見つけたものなんです。青色か黄色で迷っていたら……」

はにかみながらシトエンが言い、そっとイヤリングに触れた。雫型のそれは、陽の光を浴びて今日の空よりも青い光を散らしている。

「サリュ王子がたくさん悩んで青がいいと言ってくれて」

言いながらシトエンの顔がどんどん赤くなっていき、次第に俯くものだから。

もう、可愛いのなんの！！！！

ちょ……、待って……。反則！　この照れ方は反則です!!

「想像がつきませんわねぇ。あのサリュ王子が」

おっとりとした様子で王太子妃が言った。

蜂蜜色の髪と、透き通るような白肌。そのうえ、あまり表情を動かさずいつも無表情でとらえどころがない王太子妃だが、今は随分と人間味あふれた表情で微笑んでいる。

「でも、そういう他人にはみせない姿をみせるということは……。シトエン様に心を許して、とても大事になさっているからなんでしょうねぇ」

シトエンは真っ赤になった頬を両手で押さえ、王太子妃と母上を交互に見た。

「そう……なのでしょうか」

「ええ、そうでしょう。あの子を育てたこの母が言うのですから間違いありません」

いや、母上。ドヤ顔でおっしゃいますがね……。基本的に母上の教育方針は放任主義というか、放置主義というか。

小さな頃から別々に暮らしていたから、幼年兵学校で開催された馬上槍試合を見学に来ても、俺がよくわからなくて途中まで別人を応援していましたよね。ラウルが『王妃様、あちらが……』って恐る恐る声掛けしてから、しれーっと俺を応援し始めたことありましたよね？　見てました？　俺の成長をちゃんと見てました？

「それに、レオニアスもそうです。ねえ、ユリア」

「え。……わ、わたし？」

突如会話の中に自分が登場し、王太子が俺の隣で狼狽えた。

「あの子もユリアの前ではまったく違うわよね」

「あらぁ、そうですかしら？　お義母さま」

可愛らしく小首を傾げ、王太子妃がガラスのカップで紅茶を飲む。

「冗談をよく口にする陽気な方ですけれど。皆さまの前では違いますかしら？」

「そうだったのですか!?」

シトエンが驚いているが、俺も信じられない。

生まれてこの方、長兄が俺に対して冗談を言ったことなどない。おまけに、邪悪な笑みならともかく陽気な様子など一度も見たことないぞ。

横目で様子をうかがうと、なにか言いそうな顔で王太子が固まっていた。

「たとえばどんな冗談を？」

母上がわくわくした顔で尋ねる。おお、俺も気になる！

そのとき、王太子が必死になって茂みをガサガサ鳴らし始めた。

「あら。風かしら？」

王太子妃がきょとんとして口を閉じる。ちっ、聞いてみたかったのに。舌打ちする俺の隣で王太子が脱力して地面に倒れ伏した。

「なんでしたっけ……。あっ、わたしサリュ王子とシトエン様のことをもっとお聞きしたいわぁ。シトエンさまの前ではどんな感じなのかしら？」

王太子妃！　余計なことを言わずに、さっきの王太子がよく言う冗談を教えてくれ！

「サリュ王子ですか？」

シトエンが不思議そうに繰り返す。

「わたくしもお聞きしたいわ。あの子、本当にいい子なのに。お見合いを何度、いえ何十回……二十……どれぐらいだったかしら？　断られたのだけどね」

はーはーうーえー!!

それは俺の黒歴史だから！　掘り返すのはやめてくれ！

「最近の子は見る目がないと思っていたけれど……こうやってシトエンと良縁が結べて母

として本当に嬉しい限り。ところで、サリュのどこがよかったのかしら？」

ぱたぱたと扇を動かしながら母上が言い、王太子妃もこっくりと頷いている。

「どこ……。そうですね……」

そう言ったあと、シトエンがしばらく視線をさまよわせて黙り込むから、俺は固唾《かたず》を呑んで待つ。なんなら、王太子も地面に転がったまま緊張していた。

どうしよう、どこもないって言われたら。

王太子も同じ気持ちらしい。やめろ、なんだその視線。若干憐れんだような目で俺を見るのは勘弁してくれ。

生垣の隙間からドキドキしながら俺は様子を伺うのに。

不思議と、母上も王太子妃もにこにこしてシトエンが話し出すのを楽しみに待っていた。

「わたしのことを一番に考えてくださるところでしょうか」

顔を赤くして、シトエンは続ける。

「どこかに出かけられるたび、シトエンが好きそうだからといろんなものを買ってきてくださるんですが……。そのたびに、いつもわたしのことを気にかけてくださっているんだなぁと嬉しくなります」

それに、とシトエンは照れ臭そうに身体を縮こませた。

「がっしりした体格とか広い背中とか……。そういう男らしいところも本当に恰好良くて……」

よ、よかったあああああああ‼︎‼︎‼︎‼︎！

俺を大きく逞しく産んでくれてありがとう、母上‼

「サリュ王子の指揮されている騎士団の皆さまも、団長としての王子を本当に信頼し、敬っておられる様子など、皆に慕われているところも素敵だと思っています」

ラウルを含む騎士団のみんな、いつもありがとうっ‼

「それに、お話もお上手《じょうず》なんですよ。冬の辺境警備のことなど詳しく教えてくださって……あっ」

シトエンは言葉を切り、慌てて口をつぐんだ。

「申し訳ありません。つい止まらず……」

うわあああああああ‼︎‼︎！

俺の話をしすぎて小さくなるシトエンが可愛いのなんの‼︎‼︎！

飛び出して行って抱きしめたい衝動に駆られていたら、母上と王太子妃が目を見交わしてくすくすと笑った。

「お幸せそうで安心しましたわねぇ、お義母さま」

「ええ本当に。あのね、シトエン。実は心配していたのです」

母上は穏やかに微笑んだままシトエンを見た。

「心配、ですか」

シトエンが不思議そうに繰り返した。

「母国を離れ、ルミナス王国では非情な目に遭い……。そのあとサリュと縁を結んだとはいえ、他国で暮らしていることに変わりはありません。わたくしもその昔、故国を離れてこの国にやってきました」

母上は目元を緩め、シトエンに小さく頷いた。

「外国で暮らすつらさや苦しさをわたくしもわかっているつもりです」

「王妃さま……」

俺も心を打たれた。あの母上が、まさかシトエンのことを慮《おもんぱか》っていたとは。ただ単に、暇つぶしか余興程度にシトエンを茶会に誘ったわけではなかったらしい。

母上はしばらく無言でシトエンをみつめる。そのまなざしも慈愛に満ちていた。

「わたくしも、この国に嫁《とつ》いだ直後はいろいろと陰口を叩かれたり、意地悪をされたものです」

「まあ……」

シトエンがいたわしそうに目を細めた。そういえば母上が自分の容姿に似ている長兄と次兄については、『誰の子なんだか』とよく言われたって言っていたような。

「もちろん、そんな輩《やから》の口を封じ、意地悪をしてくる下賤《げせん》な者どもは力でもってねじ伏せましたが」

「さすがですわぁ、お義母さま。尊敬いたします」

うんうん、と王太子妃が頷き、シトエンが目を丸くしている。

……やりそうだな、母上。

「ですが、シトエンはそうではないでしょう？　きっと理不尽なことをされても耐えていそうです」

母上は少しだけ困ったような顔をした。

なんとなく、わかる気がする。

今、母上の頭の中に浮かんでいる光景は、俺と一緒じゃないだろうか。

アリオス王太子とシトエンの婚約破棄の現場。

シトエンは暴言にさらされながらも、ただじっと黙っていた。反抗するでもなく、言い返すわけでもなく、逆上したわけでもない。白いヴェールをかぶり、己を隠して耐えていた。

「だから、もしなにか困っていることや悲しいことがあっても、きっと黙っているような気がしてね」

母上は王太子妃と視線を合わせた。王太子妃はにこりと笑う。

「一度、ティーセットのお礼を兼ねてお話をしたいですねぇと、お義母さまと計画していたのですよ」

「それなのにサリュときたら」

母上はぱちりと扇を閉じる。不機嫌そうに柳眉が寄るから、背筋に冷たいものが走った。

あー怖い怖い。

「シトエンをわたくしに近づけさせないのですから、本当に腹立たしい！」

「奇襲作戦が成功してよかったですわねぇ、お義母さま♪」

うふふふふ、と王太子妃がいたずらっ子のように笑った。

「基本的にはサリュがいるから大丈夫でしょうが……あの子も細かいところまでは気の利かない子だから」

母上はシトエンに優しげな瞳を向けた。

「問題が起こったら、なんでも相談してちょうだい。この国に嫁に来た先輩として、あなたの力になりたいの」

その隣で王太子妃も柔らかく笑う。

「わたしもぜひ。義理の姉妹ですもの。ね？」

「あの……。あの、その」

シトエンはふたりの顔を交互に見て、それからぺこりと頭を下げた。

「ありがとうございます。本当に、なんとお礼を申し上げたらいいのか。こんなにお気遣いいただいて……」

桃色の唇を震わせ、シトエンは瞳を涙で潤ませる。

「ティドロス王国に来てから、わたしはずっと幸せです。つらいことも悲しいこともなにひとつありません」

「ではサリュがちゃんとやっている、ということでわたくしも嬉しいわ」

母上は手を伸ばし、シトエンの涙を拭ってからくすりと笑う。

「まあまあ、泣かせてしまったわ。こんなところをサリュに見られたらなんと言われるか。ねえ、ユリア」

「本当ですわねぇ。では」

こほん、と王太子妃はわざとらしく咳払いして胸を張った。

なんだろう?とシトエンだけではなく、俺も不思議に思った矢先——。

「わたしが厳選した王太子の冗談をここで披露し、シトエン様を笑顔にしてみせ……」

「やあやあやあ!! こんなところで茶会をしていたとは奇遇だな!」

ばね仕掛けのオモチャのように王太子が俺の首根っこをひっ掴んで生垣から飛び出した。

「あら、あなたたち。打ち合わせがあるって言ってなかった?」

母上が目をまたたかせる。

「ちょうど休憩をしたいと思っていたところなのです。なあ、サリュ!」

王太子が珍しく声を張る。

俺は葉っぱだらけの身体を叩いて払い、ついでに王太子の服も叩いて綺麗にしてやりながら苦笑した。

「ええ、そうですね。よかったらご一緒させていただいても?」

状況終了だ。

シトエンは無事……っていうか楽しそう。

「もちろん」

母上がちらりと視線を送ると、執事が数人やってきて椅子を用意してくれた。

「さっきまでシトエンさまののろけ話を聞いていたのですよ。うふふふ」

王太子妃がこっそりとばかりに俺に耳打ちする。

「王太子妃さまっ!!」

シトエンがまた真っ赤になり、立てた人差し指を唇に押し当て「しぃ」とやっている姿が可愛い。

「初めての女子会?」

俺は笑いながらシトエンに尋ねる。

「ええ。素敵な女子会にお招きいただきました」シトエンは顔を赤くしたまま笑った。

その笑顔は本当に晴れ晴れとしていて。

俺はちょっとだけ母上と王太子妃に感謝した。

あとがき

こんにちは。さくら青嵐です。

このたびは拙作『隣国から来た嫁が可愛すぎてどうしよう。冬熊と呼ばれる俺が相手で本当にいいのか⁉』を手に取っていただき、ありがとうございます。

この物語はカクヨムに投稿していた作品でした。

下書きの段階では、シトエンを主人公として書きはじめていたのですが……。

サリュがあまりに「シトエンが可愛い！」と作中で騒ぎ始めたため、サリュを主人公にして作り直したという経緯があります。こいつが主人公の方が面白いな、と。

ただ、サリュが主人公になった場合、不安要素がひとつありました。それは〝こんなモテない男が主人公でもいいのか〟ということでした。

異世界ファンタジーといえば、どこもかしこも美男美女。モテまくってなんぼの世界。ですが、サリュは違います。自他ともに認める熊男です。

「ま。あんまりPVも伸びないだろう」と期待をせず開始しました。のんびりいこうぜ、と。ところが、いざふたをあけてみれば、たくさんの評価や応援コメントをいただき、反響の大きさに震えながら「は……早く次話を用意しなければ……っ」と更新準備をしていたことが今でも思い出されます。

そんな中、現在の担当編集さんに「うちで書籍化しませんか」とお声がけをいただいたのですが……。最初、サリュと一緒にポカンとしていた感じでした。

「え。まじっすか。え……。ほ、ほんまに？　ちょ……っ。どどどどどどうしよう」

と、ふたりでオロオロしていた気がします。

ちなみに、桑島黎音先生にイラストを描いてもらえると聞いたときは、ティドロス王家サイドが集合し、肩を組んで喜びに沸きました。桑島先生、素敵なイラストをありがとうございます！　特にシトエン！　イラストを担当編集さんから見せていただいた時の返信には「シトエンが可愛すぎる！！！！！！」しか書いていませんでした。感想がほぼ、初めてシトエンを見た時のサリュと同じでした。

また、このようなわくわくする機会や、書籍化に向けての作品作りに寄り添ってくださった担当編集さんには感謝しかありません。この場を借りて改めてお礼申し上げます。

この物語が好き、と言ってもらえるのは創作者にとってなによりの喜びです。

書籍化するということも創作者であれば願うことの一つだと思います。

それを叶えるのは創作者だけの力ではなく、なにより読んでくださった皆さまの熱意があってこそです。そんな幸せな体験ができること、本当に感謝しています。

これからも素敵な作品をお届けできるよう頑張っていきますので、引き続き応援のほどよろしくお願いいたします。

それでは、また次巻でお会いしましょう。

令和5年10月吉日　さくら青嵐

この本を読んでのご意見・ご感想・ファンレターをお待ちしております。
〒104-8357 東京都中央区京橋 3-5-7
（株）主婦と生活社 PASH！文庫編集部
「さくら青嵐先生」係

PASH!文庫
※本書は「カクヨム」(https://kakuyomu.jp/)に掲載されていたものを、改稿のうえ書籍化したものです。
※この作品はフィクションであり、実在の人物・団体・法律・事件などとは一切関係ありません。

隣国から来た嫁が可愛すぎてどうしよう。

2023年10月16日 1刷発行

著　者　**さくら青嵐**
イラスト　**桑島黎音**
編集人　山口純平
発行人　倉次辰男
発行所　株式会社主婦と生活社
〒104-8357 東京都中央区京橋 3-5-7
[TEL] 03-3563-5315（編集） 03-3563-5121（販売）
03-3563-5125（生産）
[ホームページ]https://www.shufu.co.jp
製版所　株式会社明昌堂
印刷所　大日本印刷株式会社
製本所　株式会社若林製本工場
デザイン　ナルティス（粟村佳苗）
フォーマットデザイン　ナルティス（原口恵理）
編　集　上元いづみ